KB097154

나의 상처는 돌
너의 상처는 꽃

나의 상처는 돌
너의 상처는 꽃

류시화 제3시집

열림원

두 번째 시집 이후 15년 만에 시집을 낸다.

350여 편의 시에서 56편을 모았다.

〈옹이〉 외에는 모두 미발표작이다.

시집을 묶는 것이 늦은 것도 같지만

주로 길 위에서 시를 썼기 때문에

완성되지 못한 채 마음의 갈피에서

유실된 시들이 많았다.

삶에는 시로써만 말할 수 있는 것이 있다.

류시화

차례

바람의 찻집에서 · 10

옹이 · 12

돌 속의 별 · 13

소면 · 14

사하촌에서 겨울을 나다 · 17

반딧불이 · 22

낙타의 생 · 24

꽃 피었던 자리 어디였나 더듬어 본다 · 25

어머니 · 26

옛 수첩에는 아직 · 28

내가 아는 그는 · 31

만일 시인이 사전을 만들었다면 · 32

모란의 연線 · 34

늙은 개와의 하루 · 36

얼음 연못 · 39

시골에서의 한 달 · 40

오늘처럼 내 손이 · 43

직박구리의 죽음 · 44

완전한 사랑 · 47

첫사랑의 강 · 48

당나귀 · 50

다르질링에서 온 편지 · 53

보리 · 54

태양의 불꽃을 지나온 · 57

오월 붓꽃 · 58

봄은 꽃을 열기도 하고 꽃을 닫기도 한다 · 61

자화상 · 62

두 번째 시집에 싣지 않은 시 · 65

물돌에 대한 명상 · 66

화양연화 · 68

언 연못 모서리에 봄물 들 때쯤 · 70

얼음 나무 · 72

바르도에서 걸려 온 수신자 부담 전화·74

제 안에 유폐시켰던 꽃 꺼내듯이·78

살아 있는 것 아프다·79

잠·80

그들은 돌아올 것이다·82

그는 좋은 사람이다·84

만약 앨런 긴즈버그와 함께 세탁을 한다면·86

홍차·89

곰의 방문·92

한 개의 기쁨이 천 개의 슬픔을·94

나는 정원에 누워 있었다·96

다시 찾아온 구월의 이틀·98

일곱 편의 하이쿠·101

되새 떼를 생각한다·104

꽃잎 하나가 날려도 봄이 줄어든다·106

눈송이의 육각 결정체를 만든 손이·108

이런 시를 쓴 걸 보니 누구를 그 무렵 사랑했었나 보다 · 110

불혹에 · 112

파문의 이유 · 114

달개비가 별의 귀에 대고 한 말 · 116

비켜선 것들에 대한 예의 · 118

독자가 계속 이어서 써야 하는 시 · 120

순록으로 기억하다 · 123

모로 돌아누우며 귓속에 담긴 별들 쏟아 내다 · 124

사물들은 시인을 통해 말하고 싶어 한다 _ 이홍섭(시인) · 125

바람의 찻집에서

바람의 찻집에 앉아

세상을 바라보았지

긴 장대 끝에서 기도 깃발은 울고

구름이 우려낸 차 한 잔을 건네받으며

가장 먼 데서 날아온 새에게

집의 안부를 물었지

나 멀리 떠나와 길에서

절반의 생을 보내며

이미 떠나간 것들과 작별하는 법을 배웠지

가슴에 둥지를 틀었다 날아간 날개들에게서

손등에서 녹는 눈발들과

주머니에 넣고 오랫동안 만지작거린 불꽃의 씨앗들로

모든 것이 더 진실했던 그때

어린 뱀의 눈을 하고

해답을 구하기 위해 떠났으나

소금과 태양의 길 위에서 이내

질문들이 사라졌지

때로 주머니에서 꺼낸 돌들로 점을 치면서

해탈은 멀고 허무는 가까웠지만

후회는 없었지

탄생과 죽음의 소식을 들으며

어떤 계절의 중력도 거부하도록

다만 영혼을 가볍게 만들었지

찰나의 순간

별똥별의 빗금보다 밝게 빛나는 깨달음도 있었으나

빛과 환영의 오후를 지나

가끔은 황혼과 바람뿐인 찻집에서 차를 마시며

생의 지붕들을 내려다보고

고독할 때면 별의 문자를 배웠지

누가 어둔 곳에 저리도 많은 상처를 새겼을까

그것들은 폐허에 핀 꽃들이었지

그러고는 입으로 불어 별들을 끄고

잠이 들었지

봉인된 가슴속에 옛사랑을 가두고

외딴 행성 바람의 찻집에서

옹이

흉터라고 부르지 말라
한때는 이것도 꽃이었으니
비록 빨리 피었다 졌을지라도
상처라고 부르지 말라
한때는 눈부시게 꽃물을 밀어 올렸으니
비록 눈물로 졌을지라도

죽지 않을 것이면 살지도 않았다
떠나지 않을 것이면 붙잡지도 않았다
침묵할 것이 아니면 말하지도 않았다
부서지지 않을 것이면, 미워하지 않을 것이면
사랑하지도 않았다

옹이라고 부르지 말라
가장 단단한 부분이라고
한때는 이것도 여리디여렸으니
다만 열정이 지나쳐 단 한 번 상처로
다시는 피어나지 못했으니

돌 속의 별

돌의 내부가 암흑이라고 믿는 사람은
돌을 부딪쳐 본 적이 없는 사람이다
돌 속에 별이 갇혀 있다는 것을 모르는 사람이다
돌이 노래할 줄 모른다고 여기는 사람은
저물녘 강의 물살이 부르는 돌들의 노래를
들어 본 적이 없는 사람이다
그 노래를 들으며 울어 본 적이 없는 사람이다
돌 속으로 들어가기 위해서는 물이 되어야 한다는 것을
아직 모르는 사람이다
돌이 차갑다고 말하는 사람은
돌에서 울음을 꺼내 본 적이 없는 사람이다
그 냉정이 한때 불이었다는 것을 잊은 사람이다
돌이 무표정하다고 무시하는 사람은
돌의 얼굴을 가만히 들여다본 적이 없는 사람이다
안으로 소용돌이치는 파문을 이해하지 못하는 사람이다
그 무표정의 모순어법을

소면

당신은 소면을 삶고
나는 상을 차려 이제 막
꽃이 피기 시작한 살구나무 아래서
이른 저녁을 먹었다 우리가
이사 오기 전부터 이 집에 있어 온
오래된 나무 아래서
국수를 다 먹고 내 그릇과 자신의 그릇을
포개 놓은 뒤 당신은
나무의 주름진 팔꿈치에 머리를 기대고
잠시 눈을 감았다
그렇게 잠깐일 것이다
잠시 후면, 우리가 이곳에 없는 날이 오리라
열흘 전 내린 삼월의 눈처럼
봄날의 번개처럼
물 위에 이는 꽃과 바람처럼
이곳에 모든 것이 그대로이지만
우리는 부재하리라
그 많은 생 중 하나에서 소면을 좋아하고

더 많은 것들을 사랑하던
우리는 여기에 없으리라
몇 번의 소란스러움이 지나면
나 혼자 혹은 당신 혼자
이 나무 아래 빈 의자 앞에 늦도록
앉아 있으리라
이것이 그것인가 이것이 전부인가
이제 막 꽃을 피운
늙은 살구나무 아래서 우리는
무슨 이야기를 나누었는가
이상하지 않은가 단 하나의
육체를 가지고 있다는 것이, 아니
두 육체에 나뉘어 존재한다는 것이
우리는 어디로 가는가
영원한 휴식인가 아니면
잠깐의 순간이 지난 후의 재회인가
이 영원 속에서 죽음은 누락된 작은 기억일 뿐
나는 슬퍼하는 것이 아니다

경이로워하는 것이다
저녁의 환한 살구나무 아래서

사하촌에서 겨울을 나다

1

결린 옆구리께 돌무더기만 남은 폐사지에
한 칸 암자를 짓고
겨울을 나고 싶다
뒤꼍 대나무들 싸락눈 맞으며 산경 외는 소리 듣고 싶다
고염나무 마른 열매로 서 있는 묵은밭에
일박하고 떠난 새들
발자국의 내력 세어 보고 싶다
절 아랫마을로 내려가는 길목에서
반가사유하고 있는 햇무덤
그 번뇌를 들여다보고 싶다
병 깊어 물길 쪽으로 돌아눕는 밤
며칠째 눈 오고
마음이 오래 변방에서 젖었다
누가 어디 먼 데서 걸어온다
아무 슬플 일 없는데 이 무명의 슬픔은 어디서 오는가
아무 울 일 없는데 이 무음의 울음은 어디서 오는가

눈송이처럼 세상 속으로 내리더라도
세상과 무연한 곳에 내리고 싶다
결린 옆구리께 꽃들이 기침하는 폐사지로

2

내 사랑은 언제나 과적이었다
빙판길에 자주 갓길로 미끄러졌다
눈 내린 사하촌에서였을 것이다
사바의 눈 덮인 이불 밑에서
너를 모색했었다
그리고 우리를 감각 속에 유폐시켰었다
날마다 출가하는 부도탑 위 별들을 따라
멀고 추운 길을 걸어 그곳에 이르렀을 것이다
발목까지 푹푹 빠지는 적설
피안 못 미쳐 당도한 남루한 여인숙
창가에 알몸으로 세워 둔 촛불 글썽거리고
울음 운 것은 문풍지였나

그때 잠 못 이루고 너는 무슨 생을 헤아렸나

너는 나의 화두

너로 인해 경계가 사라지는 것을 알았다

화엄의 세계가 그곳에 있는 듯했다

이 생에 다시 너와 절 아랫마을 그 여인숙에 들를 수 있을까

폭설에 이 생에서조차 소식 끊긴 사랑을 내생에 어찌 만나겠는가

전생의 기억을 잊어버리고

모로 눕는 밤

눈송이들도

둘씩 짝지어 내릴 것이다

사하촌 그 여인숙 맞배지붕 위로

만났다 헤어졌다 하면서

3

겨울 멀구슬 열매는 지박구리 차지다

잔설에 각이 꺾여 눈이 부시다

물웅덩이에 비친 자작나무 그림자

너무 오래 서 있어서 다리가 아픈가

무릎을 약간 구부리고 있다

여기 불생불멸 주문 외며

소멸로 깊어지는 것들이 있다

세월 지나 이곳에 처음 와 본다

그 절 아랫마을에

일찍 도착한들 꽃이 한 걸음 먼저 와 있겠는가마는

49재 지내고 노란띠좀잠자리 날아가던 윗녘

축문 읽던 골짜기 물은 목이 잠겼다

한 열흘 지나면

산문 밖으로 만행 나갔던 봄이

소맷자락 흔들며 돌아올 것이다

이 사하촌에서

색色을 탐하던 꽃

덧없는 몸에 화인火印을 찍던 꽃

아직 불어 끄지 못하고

눈 녹자 만다라 같은 지붕들 드러난다

이 세상 마을이 다 사하촌 아니던가
여기서 며칠 누군가 기다렸다가
꽃의 뿌리 근처에 누우리
아주 아픈 기억은 옆구리께 사리탑에 묻으리
기척 들려 뒤돌아보면
어느새 큰 눈 내려 길 지워지고
눈 덮인 사하촌
절보다 먼저 적멸에 이른다

반딧불이

어머니에게 인사를 시키려고
당신을 처음 고향 마을에 데리고 간 날
밤의 마당에 서 있을 때
반딧불이 하나가
당신 이마에 날아와 앉았지

그때 나는 가난한 문학청년
나 자신도 이해 못할 난해한 시 몇 편과
머뭇거림과
그 반딧불이밖에는
줄 것이 없었지

너무나 아름답다고,
두 눈을 반짝이며 말해 줘서
그것이 고마웠지
어머니는 햇감자밖에 내놓지 못했지만
반딧불이로 별을 대신할 수는 없었지만

내가 자란 고향에서는
반딧불이가 사람에게 날아와 앉곤 했지
그리고 당신 이마에도
그래서 지금 그 얼굴은 희미해도
그 이마만은
환하게 기억 속에 남아 있지

낙타의 생

사막에 길게 드리워진

내 그림자

등에 난 혹을 보고 나서야

내가 낙타라는 걸 알았다

눈썹 밑에 서걱이는 모래를 보고서야

사막을 건너고 있음을 알았다

옹이처럼 변한 무릎을 만져 보고서야

무릎 기도 드릴 일 많았음을 알았다

많은 날을 밤에도 눕지 못했음을 알았다

자꾸 넘어지는 다리를 보고서야

세상의 벼랑 중에

마음의 벼랑이 가장 아득하다는 걸 알았다

혹이 한쪽으로 기울어져 있음을 보고서야

무거운 생을 등에 지고

흔들리며 흔들리며

사막을 건너왔음을 알았다

꽃 피었던 자리 어디였나 더듬어 본다

꽃을 꺾자 꽃나무의 뿌리가 어두워진다
꽃나무는 얼른 다른 꽃을 밀어 올린다
스스로 환해지기 위해
내 오른쪽 늑골 아래
환하게 밀어 올려지지 못한 꽃들이
수북하다
누가 저곳에 저리도 많은 꽃 버렸을까
이제는 그리워하지 않아도 될 것들 너무 많아져
마음 걸 곳 찾을 일 참으로 없어
오래되었구나
어느 생에선가 마음 한 번 베인 후로
꽃의 안부 묻지 않은 것이
늑골의 통증이 그냥 통증이 아니었지만
오늘 밤 꽃이 바람에 스치는 것
꽃 지는 의미 알라는 것 아니겠는가
꽃 피었던 자리 어디였나 더듬어 보라는 것

어머니

시가 될 첫 음절, 첫 단어를
당신에게서 배웠다

감자의 아린 맛과
무의 밑동에서 묻은 몽고반점의 위치와
탱자나무 가시로 다슬기를 뽑아 먹는 기술을
그리고 갓난아기일 때부터
울음을 멈추기 위해 미소 짓는 법을
내 한 손이 다른 한 손을 맞잡으면
기도가 된다는 것을

당신은 내게 봄 날씨처럼 변덕 많은 육체와
찔레꽃의 예민한 신경을 주었지만
강낭콩처럼 가난을 견디는 법과
서리를 녹이는 말들
질경이의 숙명을 받아들이는 법을 가르쳐 주었다

내 시는 아직도

어린 시절 집 뒤에 일군 당신의 텃밭에서 온다
때로 우수에 잠겨 당신이 바라보던 무꽃에서 오고
비만 오면 쓰러져 운다면서
당신이 일으켜 세우던 해바라기에서 오고
내가 집을 떠날 때
당신의 눈이 던지던 슬픔의 그물에서 온다

당신은 날개를 준 것만이 아니라
채색된 날개를 주었다
더 아름답게 날 수 있도록

하지만 당신의 경사진 이마에
나는 아무것도 경작할 수 없다
삶이 파 놓은 깊은 이랑에
이미 허무의 작물이 자라고 있기에

옛 수첩에는 아직

눈이 그녀의 모국어로 무엇이냐고 묻자
공작새보다 둥근 눈을 깜박이며
아크라고 했다
그 눈을 들여다보며 별을 묻자 그녀는
순다르 타라라고 했다
아름다운 별이라고
그리고 덧붙였다
밝음은 로스니, 어둠은 안데라

세 개의 모음으로 된 내 이름을 소개하고
일곱 개의 모음으로 된 그녀의 이름을 외우면서
서툰 글씨로 그 이름을 다 쓸 수 있기도 전에
우리의 만남은 끝이 났다
더 많은 모음을 가진 그녀의 아버지가
생소한 자음들을 가진 늙은 천민에게
그녀를 시집보냈고
그 후로 그녀의 소식을 알 길 없었다

나무는 페러

연못은 탈라브

운명은 바갸

작별은 비다이

당신을 사랑해가 무엇이냐고 묻자

그런 것은 말하지 않는 것이라고 했다

그냥 바라보는 것이라고

그녀는 마지막으로 피르 밀렝게라고 했지만

다시는 만날 수 없었다

여러 해가 지나서야 알게 되었다

그녀가 새로운 모음들을 가진 아이를 낳다가

세상을 떠났다는 것을

내 그리움의 수첩에는 아직 묻지 못한 단어들이

이토록 많은데

바람은 하와

비는 바리샤

그녀가 좋아하던 파란색은 닐라

가슴은 딜

슬픔은 두키

영원은 아마르

더 가까이서 깜박이며

지친 새처럼 내려오는

밝음과 어둠이 공존하는 별은

시타라

내가 아는 그는
一故 노무현에게 바침

내가 아는 그는

가슴에 멍 자국 같은 새 발자국 가득한 사람이어서

누구와 부딪혀도 저 혼자 피 흘리는 사람이어서

세상 속에 벽을 쌓은 사람이 아니라 일생을 벽에 문을 낸 사람이어서

물을 마시는 것이 아니라 파도를 마시는 사람이어서

밥을 먹는 것이 아니라 밥 속의 별을 먹는 사람이어서

누구도 소유할 수 없는 지평선 같은 사람이어서

그 지평선에 뜬 저녁 별 같은 사람이어서

때로 풀처럼 낮게 우는 사람이어서

고독이 저 높은 벼랑 위 눈개쑥부쟁이 닮은 사람이어서

어제로 내리는 성긴 눈발 같은 사람이어서

만 개의 기쁨과 만 개의 슬픔

다 내려놓아서 가벼워진 사람이어서

가벼워져서 환해진 사람이어서

시들기 전에 떨어진 동백이어서

떨어져서 더 붉게 아름다운 사람이어서

죽어도 죽지 않는 노래 같은 사람이어서

만일 시인이 사전을 만들었다면

만일 시인이 사전을 만들었다면
세상의 말들이 달라졌으리라
봄은 떠난 자들의 환생으로 자리바꿈하고
제비꽃은 자주색이 의미하는 모든 것으로
하루는 영원의 동의어로

인간은 가슴에 불을 지닌 존재로
얼굴은 그 불을 감추는 가면으로
새는 비상을 위해 뼛속까지 비우는 실존으로
과거는 창백하게 타들어 간 하루들의 재로
광부는 땅속에 묻힌 별을 찾는 사람으로

누군가를 사랑한다는 것은
그 사람 가슴 안의 시를 듣는 것
그 시를 자신의 시처럼 외우는 것
그래서 그가 그 시를 잊었을 때
그에게 그 시를 들려주는 것

만일 시인이 사전을 만들었다면
세상의 단어들이 바뀌었으리라
눈동자는 별을 잡는 그물로
상처는 세월이 지나서야 열어 보게 되는 선물로
목련의 잎은 꽃의 소멸로
죽음은 먼 공간을 건너와 내미는 손으로
오늘 밤의 주제는 사랑으로

* '사람을 사랑하는 것은 그의 가슴에 있는 노래를 배우는 것' – 작자 미상

모란의 연緣

어느 생에선가 내가
몇 번이나
당신 집 앞까지 갔다가 그냥 돌아선 것을
이 모란이 안다
겹겹의 꽃잎마다 머뭇거림이
머물러 있다

당신은 본 적 없겠지만
가끔 내 심장은 바닥에 떨어진
모란의 붉은 잎이다
돌 위에 흩어져서도 사흘은 더
눈이 아픈

우리 둘만이 아는 봄은
어디에 있는가
아무것도 아닌 소란으로부터
멀리 있는

어느 생에선가 내가
당신으로 인해 스무 날하고도 몇 날
불탄 적이 있다는 것을
이 모란이 안다
불면의 불로 봄과 작별했다는 것을

늙은 개와의 하루

그럼에도 불구하고 봄이 올 때까지 밤새 귀를 열어 둔 날들
이 지나가고
성마른 입술로 움이 터
스스로의 날갯짓으로 온기를 만드는 나비가 날아왔을 때
나는 장님이 된 개를 데리고 산책을 나갔다

어린 잎사귀와 오솔길이 모이는 음력 이월의 숲
당황하는 개에게 나는 안심시킨다
별들도 낮에는 장님이 된다고
천 개의 찬란한 태양이 없어도 누군가에게는
한 개의 흐린 달이 더 밝다고
어딘가에 전생을 버리고 온 새가
아직 녹지 않은 눈 위에
붉은 열매를 뱉어 놓는다

가시에 상처 입은 팔꿈치를 하고서
나는 개와 함께 숲을 통과한다
공기의 투명한 원들을 지나

어느 해는 겨울이 겨울다워서
일월이 물웅덩이에게 전에 없이 냉정했었다
내가 이름을 붙여 준
아직은 감정이 덜 풀린 물웅덩이를 지나
머물다 흩어진 것들의
행방불명된 시간 앞에서
산목련 빛으로 하루를 밝히던 때가 있었다
눈꽃을 보던 눈으로
봄꽃을 바라보던 날들이 있었다

사람들은 나무가 날 줄 모른다고 생각한다
나무는 늘 그 자리에 있기 때문이다
하지만 그날 저녁 늙은 개 몰래 나는 보았다
어둠의 불씨가 내려앉기 전
무수한 날개들이 나무의 혼을 데리고
허공 높이 날아가는 것을
비와 얼음 속에서
나무가 그토록 오래 준비한 날개들이

그럼에도 불구하고 이곳에 존재한다는 이유로
내야만 하는 벌금이 있다
시간에게 내주어야만 하는 것들이
개의 시각과 후각까지도
추운 봄
앞이 보이지 않는 개와
가끔은 불가에서 졸며
그렇게 밤새 귀를 열어 둔 날들이 지나갔다

얼음 연못

얼음 풀린 연못을 보러 숲으로 갔었다

안개의 덧문을 지나

일월과 이월 안에 갇힌 새들의 발자국을 꺼내러

겨울 물고기들의 소식을 들으러

연못은 그 심장까지 얼지는 않으므로

심장까지 얼지 않기 위해 밤마다

언 몸을 추슬렀을 것이므로

움직이는 물은 그 안에

꽃의 두근거림을 지니고 있으므로

꽃의 두근거림이 언 연못을 깨우는 것이므로

저마다 가슴 안에 얼음 연못 하나씩 가지고 있으므로

허공에 찍힌 새들의 발자국을 따라갔었다

얼음 풀린 연못을 보러

모든 것 속에 갇힌 불꽃을 보러

다시 깨어나는 깊이를 보러

* '움직이는 물은 그 물속에 꽃의 두근거림을 지니고 있다' -『꿈꿀 권리』에서 가스통 바슐라르가 모네의 〈수련〉을 보고 한 말

시골에서의 한 달

작년에 우리가 묻어 준 새 올해는 매발톱으로 피었다고
그 집에 짐을 푼 첫날
당신은 말했지
산수유가 문밖까지 이른 마중을 나오고
늦게 내린 눈을 등 뒤에 감춘 비스듬한 지붕 위로
맨 먼저 찾아온 손님은 직박구리였지
봄이 실수를 해 성급히
뒷밭 서리를 녹이는 바람에
싹들은 상한 얼굴로 가슴앓이를 하고
나비는 힘겹게 날았지
옷을 갈아입으면서 우리는 독감에 걸렸고
새들이 귓속으로 날아오는 아침
기운 없는 볕 아래 목도리를 하고 앉아
구름들이 모이는 먼 곳을 내려다보았지
나는 계절이 바뀌어서 그렇다고 했고
당신은 장소가 바뀌어서 그렇다고 했지
단지 식탁에 나물을 올리기 위해
시골에 온 것은 아니었지

굳이 상실의 이유를 묻지 않아도

삶은 원하는 대로가 아니라

있는 그대로 바라보아야 한다고

당신이, 혹은 내가, 지나가는 배추흰나비로 말했지 그 뜰에서

까다로운 꽃들은 벌만 날아오면 잉잉대고

잘못 자란 나뭇가지를 잘라 주는 동안

상처를 어루만지는 공기의 투명한 손가락들이

당신의 머리카락을 어루만지며 지나갔지

봄의 정식 초대장을 들고

대문 앞에서 주소를 확인하는 집배원과 잠시

남쪽 지방에서 전보를 치는 번개와

자주 꽃대를 꺾어 놓는 정체 모를 녀석에 대해 이야기하고

지난해 직박구리가 먹다 남은 앵두 몇 알을

그늘 없는 곳에 심어 주었지

당신이 밟고 간 발자국들 사이의 공간을 나는 좋아했지

당신이 잠들면

그 옆에 누웠다 몰래 밖으로 나오기를

여러 날째

새의 심장보다 큰 작약이

내 맨발 위로 툭, 떨어졌지

꽃이 필 적에 비바람이 잦다고 우무릉이라는

시인이 말했지

어떤 날은 고요한 불을 오래 바라보았지

그늘과 상관없이

그곳에 어른거리던 흰 빛들

존재하지 않는 집을 우리는 알고 있었지

우리 두 사람만 아는 집을

꽃으로만 열 수 있는 문을

오늘처럼 내 손이

오늘처럼 내 손이 싫었던 적이 없다
작별을 위해 손을 흔들어야만 했을 때
어떤 손 하나가 내 손을 들어 올려
허공에서 상처 입게 했다
한때는 우리 안의 불을
만지던 손을

나는 멀리서 내 손을 너의 손에
올려놓는다
너를 만나기 전에는 내 손을
어디에 둘지 몰랐었다
새의 날개인 양 너의 손을 잡았었다
손안 가득한 순결을
그리고 우리 혼을 가두었었다

그러나 오늘처럼 내 손이 싫었던 적이 없다
무심히 흔드는 그 손은 빈손이었다

직박구리의 죽음

오늘 나는 인간에 대해 생각한다
인간이란 무엇인가

가령 옆집에 사는 다운증후군 아이는 인간으로서
어떤 결격사유가 있는가
그날은 그해의 가장 추운 날이었다
겨울이었고
대문 두드리는 소리에 밖으로 나가 보니
그 아이가 서 있었다
죽은 새 한 마리를 손에 들고

늘 집에 갇혀 지내는 아이가 어디서
직박구리를 발견했는지는 모른다
새는 이미 굳어 있었고 얼어 있었다
아이는 어눌한 목소리로 부탁했다
뜰에다 새를 묻어 달라고
자기 집에는 그럴 만한 장소가 없다고

그리고 아이는 떠났다 경직된

새와 나를 남겨 두고 독백처럼

눈발이 날리고

아무리 작은 새라도 언 땅을

파기는 쉬운 일이 아니었다 흰 서리가

땅속까지 파고들어 가 있었다

호미가 돌을 쳐도 불꽃이 일지 않았다

아이가 돌아온 것은 그때였다

다시 대문 두드리는 소리가 났고

아이는 신발 한 짝을 내밀며 말했다

새가 춥지 않도록 그 안에 넣어서 묻어 달라고

한쪽 신발만 신은 채로

양말도 신지 않은 맨발을 하고서

새를 묻기도 전에 눈이 쌓였다

인간이란 무엇인가

이해하기 때문에 사랑하는 것인가

사랑하기 때문에 이해하는 것인가

무표정에 갇힌 격렬함

불완전함 속의 완전함

너무 오래 쓰고 있어서 진짜 얼굴이 되어 버린

가면

혹은, 날개가 아닌 팔이라서 날 수 없으나

껴안을 수 있음

완전한 사랑

사람들은 완전한 사랑에 대해 말한다 자신을 비운
초월적인 사랑에 대해
그러나 완전한 사랑만이 우리를
구원하는 것은 아니다
겨울의 소매 속
앞이 보이지 않을 만큼 눈 폭풍이 거세어지자
더 이상 눈보라를 피할 수 없어
날아들어 온
멧새 한 마리를
늙은 개가 못 본 체하고 자기 집 안으로
들여보내 준다
일 년 내내 그토록 잡으려고 쫓아다닌 새를
입 속으로는 투덜거리면서

첫사랑의 강

그 여름 강가에 앉아 이야기를 나누다가
너를 처음 사랑하게 되었지
물속에 잠긴 발이 신비롭다고 느꼈지
검은 돌들 틈에서 흰 발가락이 움직이며
은어처럼 헤엄치는 듯했지

너에 대한 다른 것들은 잊어도
그것은 잊을 수 없지
이후에도 너를 사랑하게 된 순간들이 많았지만
그 첫사랑의 강
물푸레나무 옆에서
너는 아직도 나를 기다리고 있지

많은 여름들이 지나고 나 혼자
그 강에 갔었지
그리고 두 발을 물에 담그고
그 자리에 앉아 보았지
환영처럼 물속에 너의 두 발이 나타났지

물에 비친 물푸레나무 검은 그림자 사이로
그 희고 작은 발이

나도 모르게 그 발을 만지려고
물속에 손을 넣었지
우리를 만지는 손이 불에 데지 않는다면
우리가 사랑한다고 할 수 있는가
기억을 꺼내다가 그 불에 데지 않는다면
사랑했다고 할 수 있는가

그때 나는 알았지
어떤 것들은 사라지지 않는다고
우리가 한때 있던 그곳에
그대로 살고 있다고
떠나온 것은 우리 자신이라고

당나귀
―천상병 시인, 당신은 어디에 있으며 거기서도 시를 쓰고 있는가

1

당나귀는 가난하다
아무리 잘생긴 당나귀라도 가난하다
색실로 끈을 엮어
목에 종을 매달고도 당나귀는 대책 없이 남루하다
해발 5천 미터
레에서 카르둥라 고개를 넘어 누브라 밸리까지
몇 날 며칠 당나귀를 타고 간 적 있다
세상의 탈것들 다 타 보았지만
내가 나를 타고 가는 것 같은
내가 나를 지고 가는 것 같은
기분은 처음이었다
당나귀 등에 한 생애를 얹고 흔들리며 벼랑길 오르는 동안
청춘을 소진하며
어찔한 화엄의 경계 지나오는 동안
한 소식 한 당나귀에게서 배웠다
희망에 전부를 걸지도 않고

절망에 전부를 내주지도 않는 법을
그저 위태위태하게 앞으로 나아가는 법을
당나귀여, 너는 고난이 멈추기를 갈망하지도 않는다
나도 너처럼 몇 생을 후미진 길로 걸어 다녔다
그러나 그곳이 폐허는 아니었다
자학이 아니라 자족이었다
바람이 불었으나 너무 오래 걸어 무릎에서
새어 나오는 바람이었다
나의 화엄은 당나귀와 함께 벼랑이었다

2

인사동 귀천에서 만난 한 시인은
시를 끌고 가는 힘이 부족하다고 고백했다
절망의 힘으로도 끌고 가기 힘들다고
밖으로 나오니
새 흰 미리
가볍게 생을 끌고 피안으로 날아간다

일생의 힘으로 시를 끌고 간

천상병 시인이 눈 내리는 귀천을 끌고 턱없이 웃으며

하늘 모퉁이로 가고 있다

시보다도

한 생을 끌고 가는 것보다도

나는 나를 끌고 가는 힘이 턱없이 부족했다

인사동 벗어나기 전 뒤돌아보니

눈보라 속 당나귀들이

저마다 자신을 지고 서역의 고개를 넘고 있었다

*레, 카르둥라, 누브라 밸리 – 북인도 라다크의 고장들

다르질링에서 온 편지

지금 지구는 외롭고 바람 부네
사람이 그리워 사람의 마을로 간 것을 파계라 하던가
여기는 별이 너무 많아
더러는 인간의 집을 찾아들어
몇 점 흐린 불이 되기도 하네
히말라야의 돌은 수억 년 전의 조개를 품고 있다지
이 생의 일인데도 어떤 일들은 아득한
전생의 일처럼 여겨져
꽃 같은 기억, 돌 같은 기억이 너무 많아
세상이 나를 잊기 전에 내가 나를 잊었구나
농담을 하듯이 살았네
해발 2억 광년의 고산을 넘어와
밤마다 소문 없이 파계하는 별들 보며
전생의 내가 내생의 나에게 편지를 써서
거꾸로 읽어 보네
여인숙 옆 사원에서 들려오는 주문인 듯
네부람바고롭외……

보리

나는 이제 말하련다, 보리여
내가 태어난 나라를 나는 잘 모른다
마타리풀 지천에 피어 있는데
붉은 흙 많은 가파른 땅에서 태어나
개개비 새들과 함께 이곳에서 말을 배우고
시인이 되었으나
나 자신이 이중언어자라고 느꼈다
보리여, 나는 비가 많이 오는 고장 출신
번개의 대문과 천둥의 지붕 아래서
비에 젖은 유년을 보내고
목젖에 울컥한 것이 돋아난 후에는
집을 떠나 질문들의 여인숙을 떠돌았다
나 온 곳을 알기 위해
모든 존재들의 집을 묻기 위해
재를 숭배하는 힌두 수행자의 제자가 되었다
몇 개의 별자리들 아득히 모였다 쇠락하는 밤
빙결의 동토에 팔베개하고 누워
내 안의 들판을 걸어가는 자에게 물음을 던지고

아무도 받아 볼 이 없는 고향에 부친 편지처럼

일부러 옛날 풍으로 시를 썼다

찢어진 꽃들을 발밑에 던지며

이제 말하련다, 보리여

처마에서 떨어지는 눈 녹은 물처럼

나는 견자가 되지 못하고 고백자가 되었다

생의 흔들림을 시에 맡기고

고작 별똥별이나 반딧불이 정도의 사상밖에 노래하지 못하면서

고산 지방의 나귀와 벗하거나

노천의 빛에 길가 꽃처럼 빈혈이 번졌다

나의 전생이 티베트의 야크였다고 한 라마승이 옳았을까

그래서 낮은 세상에서는 습관처럼

머리가 뜨거울까

그러나 내 안의 어둠을 바람이라 명명한 그는 혹시 그 바람의 냄새를 맡았던 것일까

보리여, 붉은 흙 드러난 산비탈에서 태어나

내 몸에는 불이 많았다

침묵을 계속 건너가면 더욱 바닥 모를 깊이에 이른다는 것을
이제야 깨닫고
　드물게 나타나는 개개비 새들과 함께
　내가 태어난 나라를 사랑하는 법을 배워야겠네
　마타리풀 지천에 흔들리는데
　아무래도 그래야겠네

태양의 불꽃을 지나온

길을 걷다가 나무 울타리를 넘어
겨울로 들어섰을 때
눈 속에서 봄을 캐내고 있는
두 마리 새를 보았다
서로 사랑하고 있는
더 이상 고독하지 않은
부리에 눈을 묻히고서 이방인인
나는 아랑곳하지 않고
언 발로 초록을 건드리는
이들은 왔다가 가는 것이 아니다
이들은 언제나 그곳에 있는
현존
문득 나는 깨달았다 이들을
방해하지 말아야겠다고
태양의 불꽃을 지나온 날개들을
나 또한 가시나무 울타리 너머에서
언 땅을 헤집어
봄을 캐내야겠다고

오월 붓꽃

봄눈이 내리던 날
오월 붓꽃을 심었지요
병을 앓고 난 끝이었는데
당신은 말했지요
아직 눈이 몇 차례 더 내릴 것이라고
그 덕에 뿌리가 강해질 것이라고
늘어진 쥐똥나무 가지를 바람에 묶어 놓고
잠이 덜 깬 흙을 어루만져 주자
당부할 필요도 없이
봄은 말하는 듯했지요
잎을 내기 위해서는 상처를 견뎌야 한다고
해마다 오월 붓꽃은 내 생각 속에서보다 더
늦게 피었지요 공기들의 약속
햇빛의 안부에 속아
너무 일찍 얼굴 내민 적도 있지만
어느 해인가는 오월 늦도록
비바람이 덧문을 흔들어
아침에 올라온 꽃대가 저녁에 꺾이곤 했었지요

겨울을 바깥에서 나고 빛을 좋아하는
오월 붓꽃
늦은 봄에서 초여름 사이에
날마다 변하는 날씨가 준비한 것들 속에
우리가 좋아하는 것이 여럿 있었지만
몇 번의 계절보다 약간 긴 삶에서
이 꽃만큼 우리가 이곳에 존재하는 이유를
일러 준 것도 드물었지요
신비에 가까운 보라색 얼굴
겨우 겨울을 넘긴 가난과 화려
일시적인 소유에 기뻐하는 순간이 지나면
마지막 꽃잎을 떨구면서 오월 붓꽃은
속삭이는 듯했지요
나는 당신이에요, 나는 죽지 않아요
또 여러 번의 봄이 지나고
이곳에 나 혼자 남는다면
그래도 혼자 남는 게 아니라는 걸
오월 붓꽃이 말해 주겠지요

이 꽃을 바라보는 또 다른 눈이
내 눈만이 볼 수 있는 또 하나의 눈이
이곳에 있다는 걸
다시 작별을 말하지 않아도 되니 얼마나 다행인가,
봄의 끝에서 당신이 한 말을 떠올리며
기억의 무릎에 얼굴을 묻고
잠을 자겠지요
우리가 원한 것은 무한에서 무한으로가 아니라
봄에서 봄으로
순간에서 순간으로였으니까
이 오월 붓꽃처럼

봄은 꽃을 열기도 하고 꽃을 닫기도 한다

죽음 다음에 영혼이 있는지
곧 알게 되겠지
육체를 이탈한 순간에
빛의 터널을 통과하는지도
무엇보다 곧 알게 되겠지
이 삶이 의미가 있는지, 아니면
다만 운명이 되어 버린
우연이었는지

죽음 다음에 영혼이 있다면
내가 보내는 신호를 당신이 알 수 있을까
바람 없는 날 물 위에 이는 잔무늬를
공중에 잠시 정지한 봄날의 낙화를
유난히 당신 이마에서 녹는 눈송이를

자화상

행성의 북반구에서 절반의 생을 보냈다

곧 일생이 될 것이다

서른 살 이후 자살을 시도한 적 없다, 아 불온한 삶

사랑은 언제나 벼랑에 서 있었다

나를 만난 사람은 다 떠나갔다

가족력은 방랑이었다

아버지는 농부였으나 자식은 몇 대 위

유목의 혈통을 물려받았다

새벽부터 길 나서 부지런히 걸었지만 아직 이만큼밖에 오지
못했다

솔직히 말해 계속해서 가면 어딘가에 도달하리라는 것이

밑도 끝도 없는 사상이었다

정신병원에서 생을 마칠지도 모른다고 생각했다

많은 예술가들이 그러했고, 정신이 자주 아슬아슬한 경계를
넘나들었으므로

그 생각은 아직 유효하다

적들이 사라진 세상

그래서 모두가 모두를 적으로 만드는 세상을 떠나

갠지스 강가에 앉아 있곤 했다

모국어의 영토에 산수유 피었는가 그려 보면서

화장터 불빛 바라보며 삼십 대와 사십 대를 보냈다

고통받은 것은 이질감이 아니라 세계 속에서의 이물감이었다

밀교를 믿고 성직자보다는 샤먼을 믿고

연어의 회귀를 믿는다

사랑이 끝날 것을 믿고, 그럼에도 사랑보다 오래가는 것은 없
음을 믿는다

배추흰나비가 우주와 교감한다는 것을 믿고

그 대신 정치인이 된 혁명가들을 믿지 않는다

자주 기다린다 시를

단어들의 번쩍이는 비늘을

까맣고 까만 밤의 바다에서

집어등集語燈을 켜고

파도 속에 등 푸른 물고기 떼처럼 밀려오는

시어詩魚들 상상하며

멀리 돌을 던지는 것을 좋아한다

던진 손을 떠나

돌 하나가 자신의 전부를 다해 날아가는 것을
무엇을 일별하고 떠날지 모르지만
죽으면 가벼운 운구가 되기를 바란다, 아 부박한 삶
누구의 어깨에도 짐이 되지 않기를
다만 적멸에 들기를
겨울에 목련의 봉오리들을 바라보는 것을 좋아한다
그 안에 접혀져 있는 흰 꽃들을
어둠이 오면 목련들이 저의 방에서 불을 켜는 것을
이 세상 모든 비유와 상징들을 한곳에 모은다 해도
말할 수 없는 것이 있다
이 불가사의한 부재에 대해

두 번째 시집에 싣지 않은 시

올겨울은 눈이 많이 온다고
내가 대문 앞에 쌓인 눈을 쓸고 있을 때
이 층 창문으로 내려다보며
중얼거리던 노인
일월과 이월의 모든 지붕에 내려앉던
그 많은 눈은 다
어디로 갔나
집 앞에 세워 놓았던 눈사람은
그리고 그 노인은

죽은 자들이 부친 편지를 가지고
집배원이 봄의 대문을 두드린다
봉투를 뜯어 보면 그것은
흰 목련

물돌에 대한 명상

그 말 속에 은폐시켜 놓은 것이 있다
어느 시인이 명상은 그저
둥글게 살자는 것 아니냐고 말할 때
보리달마가 둥글게 살기 위해 구 년 면벽하며 앉아 졸지 않으려고
눈꺼풀까지 잘라 냈느냐고 묻기도 뭣해
그의 제자가 둥글게 살기 위해 보리달마의 등 뒤에서 저의
한쪽 팔을 끊어
눈밭에 던졌느냐고 묻기도 뭣해
물돌 하나를 손에 들어 본다
얼마나 오래 구르고 부딪쳤으면 이렇게 둥글어졌나
얼마나 몸 부비며 눈물 흘렸으면 이렇게 둥글어졌나
손에 들고 있던 돌 내려놓으니
더 무겁다
흙 묻은 손 털지 않는다
이것을 그저 닳아서 둥글어졌다고 할 것이냐
속으로 단단해지지 않은 물돌 보았느냐
물돌 속에 가부좌로 앉은 사람

긴 강의 노래를 기억하고 있으니

함께 부딪치며 서로를 둥근 아픔으로 깎아 주던

다른 돌들까지도 품고 있으니

자신의 생 내려놓는 데 한 생애가 걸렸으니

그래서 둥근 돌에 우리가 기도문을 새기는 것이니

화양연화

나는 너의 이마를 사랑했지
새들이 탐내는 이마
이제 막 태어난 돌 같은 이마
언젠가 한 번은 내 이마였던 것 같은 이마
가끔 고독에 잠기는 이마
불을 끄면 소멸하는 이마

스물두 살의 봄이었지
새들의 비밀 속에
내가 너를 찾아낸 것은
책을 쌓아 놓으면 둘이 누울 공간도 없어
거의 포개서 자다시피 한 오월
내 심장은 자주 너의 피로 뛰었지
나비들과 함께 날들을 세며

다락방 딸린 방을 얻은 날
세상을 손에 넣은 줄 알았지
넓은 방을 두고 그 다락방에 누워

시를 쓰고 사랑을 나누었지
슬픔이 밀려온 밤이면
조용한 몸짓으로 껴안았지

어느 날 나는 정신에 문제가 찾아와
하루에도 여러 번 죽고 싶다, 죽고 싶다고
다락방 벽에 썼지
너는 눈물로 그것을 지우며
나를 일으켜 세웠지
난해한 시처럼 닫혀 버린 존재를

내가 누구인지 나보다 더 잘 아는 사람은
너밖에 없었지
훗날 인생에서 우연히 명성을 얻고
자유로이 여러 나라를 돌아다녔지만
그때가 나의 화양연화였지
다락방 어둠 속에서 달처럼 희게 빛나던
그 이마만이 기억에 남아 있어도

언 연못 모서리에 봄물 들 때쯤

언 연못 모서리에 봄물 들 때쯤 너는
물새알 하나를 건네받을 것이다
두물머리쯤 어디
물가의 조약돌 같은 작은 새알을
너는 그것을 손바닥 안의 오목한 곳에 품어야 한다
그곳은 원래 새알의 자리
너무 오래 고독해
손이 시릴 때는 가슴에 품기도 해야 한다
심장의 얼음이 녹을 수 있도록
마음이 아홉 번 바뀐 달
그 돌연한 선물 앞에
냉정이 깊어지는 날이 있을 것이다
속으로 우는 날이 있을 것이다
그러나 네가 품은 것은 부화하기 직전의 떨림
새알의 껍질은 봉쇄수도원처럼 닫힌 문이 아닐 테니
침묵이 머지않아 물새의 노래가 될 테니
도요새나 흰물떼새
혹은 부리에서 눈까지 검정색 줄이 그어진 어린 새가

손바닥 안에서 너를 쳐다볼 테니
그럼 그 새를 날려 보내 주어야 한다
풀물 드는 마음 언저리쯤 어디
늦눈 서성이는 갈대숲이나
장다리꽃 근처 풀숲에다
슬픔만으로는 무거워 날지 못할 테니
기쁨만으로는 가벼워 내려앉지 못할 테니
그렇게 너는 물새알 하나를 건네받을 것이다
언 연못 모서리에 한나절 봄물 들 때쯤

얼음 나무

첫해부터 후회가 되었다
집 가까이
그 나무를 심은 것이

구부러진 손가락으로 밤마다 창을 두드린다
첫 시월부터 마지막 여름까지
가지마다 비와 얼음을 매달고서
나의 부재를 두드리고
또 두드린다
바람에 갇힌 영혼같이
상처 입은 불같이

겨울이 떠나면서 덧문을 열어 놓고 갔을 때는
잠 속까지 걸어 들어와
꽃으로 내 삶을 두드린다

나는 그 나무로부터 너무
가까운 거리에 살았다

떨어지는 잎사귀 하나마저도

심장을 건드리는

바르도에서 걸려 온 수신자 부담 전화

1

달 표면 오른쪽으로 거미가 기어간다
월식의 흰 이마 쪽으로
어느 날 그런 일이 일어난다 밤늦은 시각
한 통의 전화가 걸려 온다
허공에서 허공으로
흰 빗금을 그으며
산목련이 떨어지기 직전이었을 것이다
거미가 달의 뒷면으로 사라지기 전이었을 것이다
텅 비고 깊고 버려진 목소리
망각의 정원에 핀 환영의 꽃 같고
육체를 이탈한 새의 영혼 같고
얼마큼의 광기 같은
당신 거기서 잘 지내고 있어요?
난 잘 지내고 있어요, 당신은요?
전화는 연결 상태가 좋지 않다
당신 아직도 거기 있어요?

당신도 아직 거기 있어요?

2

지상에서의 삶은 어떤가요
매화는 피었나요 소복이
삼월의 마지막 눈도 내렸나요 지난번
가시에 찔린 상처는 아물었나요
그 꽃가지 꺾지 말아요
아무리 아름답기로
그 꽃은
눈꽃이니까

천상에서의 삶은 어떤가요
그곳에도 매화가 피었나요 촉촉이
초봄의 매우도 내렸나요 혹시
육체를 잃어서 슬픈가요
그 꽃가지 꺾지 말아요

아무리 신비하기로
그 꽃은
환생의 꽃이니

3

어느 날 너는 경계선 밖에서 전화를 걸 것이다
이곳이 아닌 다른 곳에서
또 다른 환幻 속에서
이미 재가 되어 버린 손가락으로
수신자 부담 전화를
네가 있는 여기
봄 그리고 끝없이 얼굴을 바꾸며
너와 함께 이동해 준 여러 번의 계절들
해마다 날짜가 변하는 기억들
시간은 충분했다
그러나 그만큼 살지 않았을 뿐
어느 날 갑자기 너는 그곳에 도착할 것이다

죽는 법을 배우지도 못한 채
사랑하는 법도 배우지 못한 채
질문과 회피로 일관하던 삶을 떠나
이미 떨어진 산목련 꽃잎들 위에
또 한 장의 꽃잎이 떨어지듯
네가 기억하지 못하는 모든 생들에
또 하나의 생을 보태며

*바르도 – '둘 사이'라는 뜻의 티베트 어로, 사람이 죽어 일정 기간 미무 는 곳
**매우(梅雨) – 매화 질 때 내리는 비

제 안에 유폐시켰던 꽃 꺼내듯이

나를 미워하던 사람이 나와 똑같이
모란을 좋아한다는 것을
그것도 여느 꽃보다 아홉 밤은 먼저 지는
흰 모란을 좋아한다는 것을
그저께 알게 되었을 뿐인데

그가 나처럼 나비 채집자를 싫어한다는 것을
감금된 아름다움에서
얼마 전 호랑가시나무에 찔려 덧난 폐의
통증을 느끼기도 한다는 것을
그저께 듣게 되었을 뿐인데

나를 미워하던 그의
문상 가는 봄
제 안에 유폐시켰던 꽃 환하게 꺼내듯이
흰 꽃등 걸렸을 뿐인데
내가 아홉 밤 늦게 질 뿐인데

살아 있는 것 아프다

밤고양이가 나를 깨웠다
가을 장맛비 속에
귀뚜라미가 운다
살아 있는 것 다 아프다
다시 잠들었는데
꿈속에서 내가 죽었다

그날 밤 별똥별 하나가 내 심장에 박혀
나는 낯선 언어로 말하기 시작했다
나중에야 나는 알았다
그것이 시라는 것을

잠

나를 치유해 준 것은 언제나 너였다
상처만이 장신구인 생으로부터
엉겅퀴 사랑으로부터
신이 내린 처방은 너였다
옆으로 돌아누운 너에게 눌린
내 귀, 세상의 소음을 잊고
두 개의 눈꺼풀에 입 맞춰
망각의 눈동자를 봉인하는
너, 잠이여

나는 다시 밤으로 돌아와 있다
밤에서 밤으로
부재하는 것이 존재하는 시간으로
얼굴의 윤곽을 소멸시키는 어둠 속으로
나라고 하는 타인은
불안한 예감을 가지고 있다
잠이 얕은 혼을

내가 숨을 곳은 언제나 너였다
가장 큰 형벌은 너 없이 지새는 밤
네가 베개를 뺄 때
나는 아직도 내가 깨어 있는 이곳이 낯설다
때로는 다음 생에 눈뜨게도 하는
너, 잠이여

그들은 돌아올 것이다

아마도 그것은 별들이 아니리라
먼저 세상을 떠난 우리의 사랑하는 이들이
우리를 내려다보면서
자신들이 행복하다는 것을 알려 주기 위해
우리에게 빛을 내려보내는
천국의 입구이리라
—이누이트 족 전설

모두 다 사라진 것은 아닌 달
물개 한 마리가 흰 얼음집 앞으로 기어 와
이누이트 족 남자에게 말했다
자기는 이제 그만 죽고 싶다고
얼음처럼 차갑기만 한 영원을 견딜 수가 없다고
오래된 눈이 내리는 오래된 밤들을
겨울을 날 식량을 이미 마련해 놓은
이누이트 족 남자는
별들을 가리키며 말했다
우리는 이곳이 아니라 저 먼 곳에서 왔다고

이곳을 떠나기 위해서는
별들의 허락을 받아야 한다고

그들은 모두 돌아올 것이라고
아프다고 땅속에 산 채로 파묻힌 동물들
해일에 휩쓸려 간 사람들
배고파서 죽은 아이들
지상에서의 생을 다 누리지 못하고 떠난 이름들은
별들이 저곳에 있는 한
다시 돌아온다고
죽는 것은 없다고

얼음장에 귀 기울이면 들릴 것이라고
멀리서 얼음 갈라지는 소리가
그들이 돌아오는 소리가

그는 좋은 사람이다

그는 좋은 사람이다 신발 뒷굽이 닳아 있는 걸 보면

그는 새를 좋아하는 사람이다 거리를 걸을 때면 나무의 우듬지를 살피는 걸 보면

그는 가난한 사람이다 주머니에 기도밖에 들어 있지 않은 걸 보면

그는 눈물조차 흘릴 수 없는 슬픔을 아는 사람이다 가끔 생의 남루를 바라보는 걸 보면

그는 밤을 견디는 법을 아는 사람이다 샤갈의 밤하늘을 염소를 안고 날아다니는 걸 보면

그는 이따금 적막을 들키는 사람이다 눈도 가난하게 내린 겨울 그가 걸어간 긴 발자국을 보면

그는 자주 참회하는 사람이다 자신이 거절한 모든 것들에 대해 아파하는 걸 보면

그는 나귀를 닮은 사람이다 자신의 고독 정도는 자신이 이겨내는 걸 보면

그는 아름다운 사람이다 많은 흉터들에도 불구하고 마음 깊숙이 가시를 가지고 있지 않은 걸 보면

그는 홀로 돌밭에 씨앗을 뿌린 적 있는 사람이다 오월의 바람

을 편애하고 외로울 때는 사월의 노래를 부르는 걸 보면

　그는 동행을 잃은 사람이다 때로 소금 대신 눈물을 뿌려 뜨거운 국을 먹는 걸 보면

　그는 고래도 놀랄 정도로 절망한 적이 있는 사람이다 삶이 안으로 소용돌이치는 걸 보면

　그는 이제 이 세상에 없는 사람이다 그의 부재가 봄의 대지에서 맥박 치는 걸 보면

　그는 타인의 둥지에서 살다 간 사람이다 그의 뒤에 그가 사랑했으나 소유하지 않은 것들만 남은 걸 보면

만약 앨런 긴즈버그와 함께 세탁을 한다면

만약 당신과 함께 지구별 한 골목에서 세탁소를 연다면
당신이 미국을 세탁기 안에 집어넣는 동안
나는 세탁법이 불분명한 정치인들을 비눗물 속에 담글 것이다
방사능에 창백해진 양떼구름과 함박눈과 아이들의 헝겊 인
형을 당신이 문질러 빠는 동안
나는 입술 튼 강과 기름 무지개 뜬 모래톱을 세척해
점박이 물새알과 거북이 알들에게 돌려줄 것이다
당신이 이스라엘과 아랍 성직자들의 묵은 때를 벗기기 위해
강력 세제를 사러 슈퍼마켓에 갈 때
나는 성당 계단에서 잠든 노숙자들의 옷을 빨아
고통의 얼룩들을 제거한 뒤
순백의 겨울 볕에 내다 널 것이다
가난한 사람들을 외면하는 데 지친
산성비에 녹슨 대자대비관음보살과 성모마리아의 어깨를 양
철 수세미로 문질러 닦고
세상의 모든 지폐들을 표백제에 담가 숫자를 지울 것이다
미해결된 증오와 불치병과 사랑한 시간이 많지 않은 고독들
을 탈수기에 넣고 돌릴 것이다

지속 불가능해진 지속 가능 발전과 파헤쳐진 길들과 공장투성이 시골들을

침묵을 방해하는 소음들과 무의미한 날들과 깊이 없이 아름다운 것들을

편 가르기 하는 지식인들과 소녀들 납치하는 검은 손들을

오래오래 삶을 것이다

정오쯤 달라이 라마가 세탁소 문을 열고 들어와 검정 운동화를 맡기면

우리는 셋이 앉아 버터차를 마시며 그의 호탕한 웃음에

함께 티베트식으로 웃을 것이다

당신이 중국해의 파도 거품들 속에

지느러미가 떼어진 채 버려진 상어들의 상흔을 소독해

남극의 얼음 지대로 돌려보내는 사이

나는 빨래 방망이로 일본 고래잡이배들을 두들겨 팰 것이다

멸종 위기에 놓인 붉은머리오목눈이 세발가락도요 흰목물떼새

퉁사리 꾸구리 얼룩새코미꾸리를 가로챈

때에 쩌든 욕망과 무지와 곰팡이 편 권력들을

세탁소 뒷마당 산수유나무 아래 파묻을 것이다

새가 노래하지만 무엇을 노래하는지 모르는

우파와 좌파들의 경색된 뇌를 애벌빨래해 대기권 밖에 내다 널고

당신이 농약과 화학비료 판매상들의 돈을 세탁해

아시아와 아프리카 농부들에게 나눠 주는 동안

나는 티베트에서 네팔까지 밀고 내려오는 중국제 물건 실은 트럭들을

하수구로 쓸려 보낼 것이다

가족을 부양하기 위해 국제결혼 한 처녀들의 슬픈 예복과 머리 장식을

당신이 정성스레 다리미질하면

나는 잠시 가부좌하고 앉아 인디언 노래를 부를 것이다

그리고 당신의 제안대로 자정 무렵 세탁소 문을 닫고

근처 공원에 가서 안드로메다 부근의 별자리들을 구경한 뒤

우리는 주말 동안, 혹은 영원의 시간 동안 이 지구 행성을 떠나 있을 것이다

*앨런 긴즈버그(1926-1997) - 미국 시인

홍차

당신은 홍차에 레몬 한 조각을 넣고
나는 아무것도 넣지 않은 쌉싸름한 맛을 좋아했지
단순히 그 차이뿐
늦은 삼월생인 봄의 언저리에서 꽃들이
작년의 날짜들을 계산하고 있을 때
당신은 이제 막 봄눈을 뜬 겨울잠쥐에 대해 말했고
나는 인도에서 겨울을 나는 흰꼬리딱새를 이야기했지
인도에서는 새들이 힌디어로 지저귄다고
쿠시 쿠시 쿠시 하고
아무도 모르는 신비의 시간 같은 것은 없었지
다만, 늦눈에 움마다 뺨이 언 꽃나무 아래서
뜨거운 홍차를 마시며 당신은
둘이서 바닷가로 산책을 갔는데 갑자기
번개가 쳤던 날
우리 이마를 따라다니던 비를 이야기하고
나는 까비 쿠시 까비 감이라는 인도 영화에 대해 말했지
때로는 행복하고 때로는 슬프고
망각의 이유를 물을 필요도 없이

언젠가 우리는 아무것도 기억하지 못하겠지만
새들이 날개로 하루를 성스럽게 하는 시간
다르질링 홍차를 마시며
당신이 내게 슬픔을 이야기하고
내가 그 슬픔을 듣기도 했다는 것
어느 생에선가 한 번은 그랬었다는 것을
기억하겠지 당신 몸에 난 흉터를 만지는 것을
내가 좋아했다는 것을
흉터가 있다는 것은
상처를 견뎌 냈다는 것
노랑지빠귀 우는 아침, 당신은 잠든 척하며
내가 깨워도 일어나지 않았지
그리고 어느 날엔가는 우리가 아주 잠들어 버리겠지
그저 당신의 찻잔에 남은 레몬 한 조각과
내 빈 찻잔에 떨어지는 꽃잎 하나
단순히 그 차이뿐
그러고는 이내 우리의 찻잔에서 나비가 날아올라
꽃나무들 속으로 들어가겠지

날짜 계산을 잘못해 늦게 온
봄을 따끔하게 혼내는 찔레나무와
늦은 삼월생의 봄눈 속으로

*쿠시 – 행복
**까비 쿠시 까비 감 – 때로는 행복하고 때로는 슬프고

곰의 방문

누군가 당신의 집 앞으로 상처 입은
곰 한 마리를 데려왔다
당신은 놀라긴 했지만 곰을 안으로 들어오게 해
가슴에 난 그믐달 모양의 상처를 치료해 준다
지치고 혼란스런 곰은 침대에 쓰러져 누울 것이다
큰곰별자리에서 떨어진 검은 별똥별처럼
겨울잠에 아주 갇힌 영혼처럼
당신은 죽을 끓이고 강에서 연어를 잡아 올 것이다
이제 곰은 당신의 분신과 같아졌으므로
곰이 곧 당신 자신이므로
곰은 거리낌 없이 밤마다 당신의 이불 속으로 파고들 것이다
그러나 상처가 아물면 곰을 내보내야만 한다
그러지 않으면 곰이 그 넓은 배로 침대를 독차지하고
회색 그림자로 집 안을 지배할 테니까
당신의 친절에 익숙해진 곰은 언제까지나
나가기를 거부할 것이다
발톱으로 감정을 할퀴려 들지도 모른다
곰의 팔을 잡고 밖으로 밀어내야만 한다

문을 잠그고 단단히 빗장을 걸어야 한다
작별의 눈물을 흘리면서라도
그러지 않으면 이 회전하는 행성에서 당신은
곰과 함께 평생을 한집에서 보내게 될 것이다
이것은 은유가 아니다
어느 날 당신의 집 앞에 가슴을 깊이 베인
곰 한 마리가 찾아올 것이다
큰곰별자리에서 떨어진
슬픔이라는 이름의 덩치 큰 회색곰이

한 개의 기쁨이 천 개의 슬픔을

이따금 나는 생각한다, 무당벌레로 사는 것도
그리 나쁘지 않을 것이라고
아니, 삶이 더 가벼울 것이라고
더 별의 눈동자와 닮을 것이라고
멀리 날지는 못해도 중력에
구속받지 않을 만큼은 날 수 있다
혼자 혹은 무리 지어 날 만큼은
아무도 그 삶에 개의치 않고
언제든 원하는 장소로 은둔하거나 실종될 수 있다
명색이 무당일 뿐 이듬해의 일을 점치지 않으며
죽음까지도 소란스럽지 않다
늦지도 이르지도 않게 도착한다
운 좋으면 죽어서 날개하늘나리가 될 수 있고
더 운 좋으면 무로 사라질 수도 있다
어떤 결말이 기다린다 해도 이의를 제기하지 않으니까
아니, 기꺼이 원하니까
큰 순환에 자신을 내맡기는 기술은
이들을 따를 자가 없으니까

지구에서 일만 오천 일을 머물면서도

내가 배우지 못한 것이 그것이니까

이따금 나는 생각한다, 손등에 날아와 앉은 칠성무당벌레와

삶을 바꾸고 싶다고

나는 아무것도 손해 볼 것 없지만

무당벌레는 후회막급이리라

그에게는 한 개의 슬픔이 천 개의 기쁨을 사라지게 하겠지만

나에게는 한 개의 기쁨이 천 개의 슬픔을 사라지게 할 테니까

나는 정원에 누워 있었다

나는 오래된 정원에 누워 있었다
내 머리카락은 쥐똥나무의 뿌리가 되고
손톱은 어느새 딱정벌레의 등짝이 되었다
내 눈동자는 새들이 목을 축이는
물웅덩이, 그곳에 구름이 비치고

코는 달팽이의 집, 그 뿔이
나를 간지럽힌다
흙이 축축해 나는 돌아눕는다 거미들이
발가락과 팔꿈치 사이에
집을 짓고, 그곳에서

나는 잠이 들었다
그리고 꿈속에서 또 꿈을 꾸었다
그러는 사이 나비 한 마리
내 흙 묻은 젖꼭지에 날아와 앉아 생각에 잠기고

발뒤꿈치에서 돌 하나가 태어난다

목 뒤쪽에서는 등나무 줄기가 올라온다
심장은 석류 열매의 수많은 심장 속에서 뛰고
혈관은 지렁이들의 통로
귀는 귀뚜라미들의 은신처

이곳에서 나는 더 이상 이방인이 아니다
추위는 이제 없으리라 모든 것이
얼어붙는다 해도

다시 찾아온 구월의 이틀

구월이 비에 젖은 얼굴로 찾아오면
내 마음은 멀리 간다
하루에 다녀올 수 있는 가장 먼 곳
오솔길이 비를 감추고 있는 곳 돌들이
저마다 다른 얼굴을 하고 있는 곳
내 시는 그곳에서 오고
그곳으로 돌아간다

그 구월의 하루를 나는 다시
숲에서 보냈다 그토록 많은 비가 내려
양치류는 몰라보게 자라고
뿌리보다 더 뒤엉킨 덩굴들
기억이 들뜨지 않도록 온 힘을 다해
누르고 있는 바위들 그곳에
구월의 하루가 있었다 셀 수 없는 날들을
타야만 하는 불씨가 있었다

얼마나 자주

이곳에 오고 싶었던가
그렇다, 나는 이곳을 떠나왔었다 그렇게도 오래
나 혼자 모든 흐름이 정지했었다 다만
어디서 정지했는지 알 수 없었을 뿐

어느 날 밤에는 이상할 정도로 머리가 맑아서
창에 이마를 대고 밖을 내다보았다
어떤 물결이 내 집 앞으로 흘러가고 있었다
별들은 집 뒤 습지에서 밤을 지새우고
그때는 생각들이 온통 내 삶을 지배했었다
뒤엉킨 뿌리처럼 풀리지 않는 의문들이
머릿속을 떠나지 않았다
나는 보이지 않는 계절을 살았다

아니다, 그것이 아니다
나는 그곳을 떠나온 것이 아니었다
눈을 돌리기만 하면 그곳에
비 내리는 구월의 이틀이 있다 비와 오솔길이

소나무를 감추고 있는 갓 쐐기풀이
구름에게 손을 흔드는 곳, 한때 그곳에
얼음에 갇힌 시가 있었다 내 안에
불을 일으킨 단어들이 있었다
곤충들을 움직이게 하고
심장을 빨리 뛰게 하던 것이

구월의 끝에서 나비들은 침묵하고
별들은 흔들린다
그 구월의 이틀이 지난 뒤
비와 돌들의 입맞춤으로 파헤쳐진 길 위에서
눈먼 자가 지나가는 사람들의 등 뒤로 예언을 하고
곧 누군가 길에 떨어진 종이를 주워
그곳에 적힌 시를 읽으리라
다시 얼음에 갇힌 시를

일곱 편의 하이쿠

같은 눈송이를 바라보는
이 아침
서로 다른 이불 속에서 잤을지라도

*

고드름 따다 주자
아내 얼굴에 잠시 병색이 가셨다
내 손은 울고

*

비가 오니까 이 웅덩이도
예쁘구나
여름 내내 마르더니

*

요절하지 못했으므로
계속 쓰는 겨울밤
시인에게 이만한 형벌이 없다

*

순백의 눈도
하루 만에
세상의 때가 묻는구나

*

신의 얼굴을 한 풀벌레조차
말더듬이는
짝을 얻지 못하네

*

한 살이든 스무 살이든 백 살이든
앞다퉈 핀다
이 산수유

되새 떼를 생각한다

잘못 살고 있다고 느낄 때
바람을 신으로 모신 유목민들을 생각한다
별들이 길을 잃을까 봐 피라미드를 세운 이들을 생각한다
수백 년 걸려
불과 얼음을 거쳐 온 치료의 돌을 생각한다
터질 듯한 부레로 거대한 고독과 싸우는 심해어를 생각한다
여자 바람과 남자 바람 돌아다니는 북극의 흰 가슴과
히말라야 골짜기 돌에 차이는 나귀의 발굽 소리를 생각한다
생이 계속되는 동안은 눈을 맞을 어린 꽃나무를 생각한다
잘못 살고 있다고 느낄 때
오두막이 불타니 달이 보인다고 쓴 시인을 생각한다
내 안에서 퍼붓는 비를 맞으며 자라는 청보리를 생각한다
사랑하지 않고 상처받지 않는 사람보다
사랑하고 상처받는 사람을 생각한다
불이 태우는 것은 나무가 아니라 자신의 심장이라는 것을 생
각한다
깃 가장자리가 닳은 되새 떼의 날갯짓을 생각한다
뭉툭한 두 손 외에는 아무 도구 없이

그해의 첫 연어를 잡으러 가는 곰을 생각한다

새의 폐 속에 들어갔던 공기가 내 폐에 들어온다는 것을 생각한다

잘못 살고 있다고 느낄 때

겨울바람 속에 반성문 쓰고 있는 콩꼬투리를 생각한다

가슴에 줄무늬 긋고서 기다림의 자세 고쳐 앉는 말똥가리를 생각한다

가난한 사람들의 손에서 손으로 건네지면서

둥근 테두리가 마모되는 동전을 생각한다

해답을 얻기 위해서가 아니라 질문을 던지기 위해

이곳에 왔음을 생각한다

꽃잎 하나가 날려도 봄이 줄어든다

그것을 기억하기에 내가 태어난 것만 같은
도피이며 종착점인
두 팔 없이도 포옹할 수 있는
불이면서 흙인
그것에 닿는 순간 불면이 시작된
얼굴에 있으나 심장에 속한
입술

나이 들어 고향 마을에 갔을 때
알게 되었지
그녀가 미쳐 버렸다는 것을
내가 고향을 떠나기 전
처음 입술을 준 여자
강둑을 멀리 떨어져서 걸었으나
봄빛이 우리 사이의 공간을 채워 주던 이
이제는 정신이 나가서
꽃나무들 사이로 어른거리며
지나갔지

날리는 꽃잎들 아래서 마주치자
나를 보고 웃었지만
나를 기억하기 때문에 웃은 것이겠지
아마도 그렇겠지
그렇게 내 봄은 줄어들었지

*'한 조각 꽃잎이 날려도 봄빛이 깎인다(一片花飛減却春)'-두보 〈曲江〉에서

눈송이의 육각 결정체를 만든 손이

눈송이의 육각 결정체를 만든 손이
수없이 반복한 끝에 여치의 뜀뛰기를 조절한 감각이
파도의 생애들마다 다르게 창조한 눈매가
콩들을 나란히 콩깍지에 앉힌 안목이
너를 만들었다

그 안에서 은하가 회전하는 등불을 들고 서 있는 거인이
방랑하는 별을 붙잡아 보름달과 초승달을 깎은 장인이
사막의 눈썹 긴 낙타에게 혹을 선물한 현자가
야생 기러기들의 길을 안내하는 네 방향의 바람이
너를 이곳에 초대했다

너는 어떻게 세상을 사랑할지 망설인다
노래 부르기 위해 한 방울의 물만 필요한 찌르레기와
돌이끼를 먹기 위해 수직의 절벽을 기어오르는 산양과
장미의 꿀물을 빨아 먹음으로써 장미가
입술을 벌릴 수 있게 도와주는 개미들을 보면서도

몇 생을 걸려 달에 도착하는 달나방을 데려온 이가
먼지를 모아 반딧불이와 올빼미를 탄생시킨 손길이
은하의 회전축을 본떠 곰의 팔꿈치를 만든 판단이
사마귀의 길고 가느다란 목 끝에 눈을 얹은 눈썰미가
너를 이곳에 있게 했다

진정으로 산 삶과 그냥 살아진 삶 사이에서
그냥 사라진 것들과 네 안에 나이테를 새긴 것들 사이에서
네가 올라온 진화의 모든 사다리들마다에서
박수를 쳐 준 이가
파도 속에 소금을 녹이는 이가
너를 이곳에 데려왔다

이런 시를 쓴 걸 보니 누구를 그 무렵 사랑했었나 보다

꽃눈 틔워 겨울의 종지부를 찍는
산수유 아래서
애인아, 슬픔을 겨우 끝맺자
비탈밭 이랑마다 새겨진 우리 부주의한 발자국을 덮자
아이 낳을 수 없어 모란을 낳던
고독한 사랑 마침표를 찍자
잠깐 봄을 폐쇄시키자
이 생에 있으면서도 전생에 있는 것 같았던
지난겨울에 대해 나는 아무 할 말이 없다
가끔 눈 녹아 길이 질었다는 것 외에는
젖은 흙에 거듭 발이 미끄러졌다는 것 외에는
너는 나에게 상처를 주지만 나는 너에게 꽃을 준다, 삶이여
나의 상처는 돌이지만 너의 상처는 꽃이기를, 사랑이여
삶이라는 것이 언제 정말 우리의 것이었던 적이 있는가
우리에게 얼굴을 만들어 주고
그 얼굴을 마모시키는 삶
잘 가라, 곁방살이하던 애인아
종이 가면을 쓰고 울던 사랑아

그리움이 다할 때까지 살지는 말자

그리움이 끝날 때까지 만나지는 말자

사람은 살아서 작별해야 한다

우리 나머지 생을 일단 접자

나중에 다시 펴는 한이 있더라도

이제는 벼랑에서 혼자 피었다

혼자 지는 꽃이다

*'삶이라는 것이 언제 ~ 마모시키는 삶'- 옥타비오 파스 〈태양의 돌〉에서

불혹에

절정의 순간에 이른 절벽의 꽃을 부러워한다

그 비장미를

나이 먹을수록 제 안부터 허무는 느티나무를 부러워한다

그 적멸의 비움을

한여름 퍼붓고 절필한 소나기를 부러워한다

그 초연함을

폐곡선 안에서 나는 새를 부러워한다

그 끝없는 시도를

대패로 깎을수록 속 깊은 결 더 뚜렷해지는 나무를 부러워
한다

그 향기 나는 편향을

소나무의 많은 옹이들을 부러워한다

그 상처 진액에서 나는 솔향을

평생을 밭에서 일한 가난한 사람을 부러워한다

그 가린 곳 없는 진면목을

모든 잎새와 풀 속에 깃든 연두를 부러워한다

그 무엇에도 물들지 않은 색을

마침내 갈 곳 없어져 원점으로 돌아간 늪을 부러워한다

그 깊은 어둠을

허허벌판에 파다하게 핀 망초꽃을 부러워한다

그 생명의 아우성을

더러운 도랑에 꽃잎을 던지는 흰 목련을 부러워한다

그 거만한 자존을

흙 속에서 일제히 귀를 세우고 있는 씨앗들을 부러워한다

그 동지애를

가짜 종이돈을 진짜 돈처럼 꼭 쥐고 있는 티베트 할머니를
부러워한다

그 손때 묻은 간절함을

벼랑의 교만을 부러워한다

그 뒤돌아보지 않는 단호함을

파문의 이유

나는 보았다
눈이 내려 이상하게 환한 밤
모든 나무들이 눈꽃을 피우고 있는데
개암나무인지 혹은 떡갈나무인지
오열하는 나무 하나만
어깨를 들썩이며
혼자서 그 눈 녹이고 있는 것을
나는 보았다
젖은 불이 몸 안에서 타는 것처럼
지독한 신열 속에 꽃 한 송이 피어날 때
어디선가 상처 하나가 아무는 것을
무늬 중에 상처의 무늬가 가장 아름다운 것을
나는 보았다
새의 화석을 품은 돌 하나
물살에 잠겨 노래할 때
강이 울음으로 타는 것을
그 울음으로 돌이 둥글어지는 것을
나는 보았다

모든 억새들 바람에 몸을 누이는데
동행하지 않는 억새풀 하나
외곬으로 우는 풀벌레들 떨치고 일어나
전율하는 몸짓으로
그 바람 혼자서 맞는 것을

달개비가 별의 귀에 대고 한 말

오늘 나는 죽음에 대해 회의를 갖는다
이 달개비, 허락 없이 생각의 경계를 넘어와 지난해
두세 포기였는데 올해
마당 한 귀퉁이를 다 차지했다
뽑아서 아무 데나 던져도 흙 근처
마디에서 뿌리를 내리는 이
한해살이풀의 복원력
단순히 죽음과 소멸에 대한 저항이 아니라
연약한 풀이 가진
세상에 대한 변함없는 애정
그것이 나를 긍정론자이게 만든다
물결 모양으로 퍼져 가는 유연함
한쪽이 막히면 다른 쪽 빛을 찾아 나가는 본능적 지성
다른 꽃들에 변두리로 밀리면서도 그 자신은
중심에 서 있는 존재감
무슨 일이 있을 때마다 불에 덴 것처럼 놀라는 인간들과는
사뭇 다르다
나는 장미가 이 닭의장풀보다 귀하다는 것을 안다

신의 눈에는 그 반대일 수 있다는 것도
달개비의 여윈 손목을 잡고 해마다
두꺼비와 가시연꽃과 붉은가슴도요새가 나온다
무당벌레와 흰올빼미도 나온다
오늘 나는 달개비에 대해 쓴다
묶인 곳 없는 영혼에 대해
사물들은 저마다 시인을 통해 말하고 싶어 한다
나비가 태어나는 곳이나 생각의 틈새에서 자라는
이 마디풀에게서 배울 점은 다름 아닌
신비에 무릎 꿇을 필요
신비에 고개 숙일 필요

비켜선 것들에 대한 예의

나에게 부족한 것은 비켜선 것들에 대한 예의였다
모두가 같은 방향으로 가고 있을 때
한쪽으로 비켜서 있는 이들
봄의 앞다툼 속
먼발치에 피어 있는 무명초
하루나 이틀 나타났다 사라지는 덩굴별꽃
중심에 있는 것들을 위해서는 많은 눈물 흘리면서도
비켜선 것들을 위해서는 눈물 흘리지 않았다
산 자들의 행렬에 뒤로 물러선 혼들
까만 씨앗 몇 개 손에 쥔 채 저만치 떨어져 핀 산나리처럼
마음 한켠에 비켜서 있는 이들
곁눈질로라도 바라보아야 할 것은
비켜선 무늬들의 아름다움이었는데
일등성 별들 저 멀리 눈물겹게 반짝이고 있는 삼등성 별들이
었는데
절벽 끝 홀로 핀 섬쑥부쟁이처럼
조금은 세상으로부터 물러나야 저녁이 하는 말을 들을 수 있
다는 것을

아, 나는 알지 못했다

나의 증명을 위해

수많은 비켜선 존재들이 필요했다는 것을

언젠가 그들과 자리바꿈할 날이 오리라는 것을

한쪽으로 비켜서기 위해서도 용기가 필요하다는 것을

비켜선 세월만큼이나

많은 것들이 내 생을 비켜 갔다

나에게 부족한 것은

비켜선 것들에 대한 예의였다

아무도 보지 않는 곳에서 잠깐 빛났다

모습을 감추는 것들에 대한

독자가 계속 이어서 써야 하는 시

— 쉼보르스카의 시에 이어서

기억보다 오래된 산들을 좋아한다
희고 긴 다리로 자작나무 숲으로 달려가는 바람을 좋아한다
신의 손금 같은 허공의 잔가지들을 좋아한다
물속에서 얼굴을 부비는 두 개의 돌을 좋아한다
번개의 순수한 열정을 좋아한다
단 하나의 육체를 상속받은 개똥지빠귀를 좋아한다
겨울에만 태어나는 입김의 짧은 생애를 좋아한다
새벽빛보다 먼저 들판을 가로지르는 어린 동물을 좋아한다
밤새 생각이 낳은 알들 위로 내리는 싸락눈을 좋아한다
여러 개의 보조개로 웃는 감자를 좋아한다
호미에 속살이 드러난 고구마
어렸을 때 치아 교정을 한 옥수수를 좋아한다
섬 뒤에서 사랑을 나누는 뭉게구름
죽은 새에게 나는 법을 가르치는 높새바람을 좋아한다
겨울 하늘을 나는 쇠기러기들의 각도를 좋아한다
바람을 가르기 위해 앞장서서 나는 길잡이 새를 좋아한다
달과 태양 사이의 공간을 좋아한다
발톱을 다듬지 않은 기슭

입에서 해초 내음 풍기며 절벽을 물어뜯는 파도를 좋아한다

나리꽃 입술에 박힌 점들을 좋아한다

연꽃의 얼굴을 빚어내는 진흙을 좋아한다

저의 이름을 부르며 우는 쏙독새를 좋아한다

오래된 나무 속에 서 있는 오래된 영혼을 좋아한다

물속에 던져도 그 모습 그대로 가라앉는 돌을 좋아한다

얼음 구멍에서 내다보는 투명한 눈의 물고기를 좋아한다

옥수수밭에 퍼붓는 비를 좋아한다 옥수수 잎을 춤추게 하는
비를

발품을 팔아 발견한 짧은 생의 풀꽃을 좋아한다

새를 그리기 전에 나무부터 그리는 사람을 좋아한다

노을 쪽으로 스무 걸음 떨어진 강을 좋아한다

상처가 꽃이 된 사람을 좋아한다

별을 보기 위해 불을 끄는 사람을 좋아한다

침묵 수행 중인 수도자와 나누는 필담을 좋아한다

파도와 혀를 나누는 어린 조개를 좋아한다

행성의 한 귀퉁이에서 봄이면 맨 먼저 밝아 오는 노랑제비꽃
을 좋아한다

여기는 낙타의 행성이고 우리는 침입자라는 말을 좋아한다

적신호에도 멈추지 않는 사랑을 좋아한다

빛을 들고 어둠 속으로 들어가면 어둠을 알 수 없다고 말한 시인을 좋아한다

어둡게 들어가야 어둠을 이해할 수 있다고

꽃나무의 눈을 털어 주는 것을 좋아한다 꽃의 잠을 깨우는 것을

가는 실에라도 묶여 있는 새는 날지 못한다는 것을 말해 준 어느 성인을 좋아한다

지금까지의 모든 시들보다 아직 써지지 않은 시를 좋아한다

*비스와바 쉼보르스카(1923-2012) - 폴란드 시인

순록으로 기억하다

내가 시인이라는 걸 알고 어떤 이가

툰드라의 순록에 관한 시를 써 보라고 했다

가축화되기 전에 순록은 야생으로 무리 지어 먼 거리를 이동

했는데

소금이 필요할 때면 어쩔 수 없이

인간의 천막으로 다가왔다

이때 다른 무리들은 모두 소금을 받아먹어도

한 마리 순록만은 먹기를 거부하며 서 있었다고 한다

인간들에게 소금을 제공받는 대신

그 순록은 나머지 족속들을 위해 자신을 희생하기로 결정

하고

그 자리에 나와

의연하게 서 있었던 것이다

그것이 인간과 순록들 사이 무언의 약속이었다

순록의 무리는 그럼으로써 인간에게 종속되지 않을 수 있

었다

소금 바람 속에 서 있어 본다

그 순록으로 기억하기 위해

모로 돌아누우며 귓속에 담긴 별들 쏟아 내다

어느 소수민족은
여인이 죽어서 땅에 묻힐 때면
그 영혼이 한쪽으로 돌아눕는다고 한다
영혼들의 세계에 가서 한 손으로 실을 자아야 하기 때문이다

그 여인이 잣는 실 아득히
은하처럼 흐르는 밤
별똥별은 깜박 졸다가 지붕 위로 떨어진 것

내가 죽어서 땅에 묻히면
내 혼도 모로 눕겠다
저쪽 세계로 가서
한 손으로 시를 지어야 하니까

사물들은 시인을 통해 말하고 싶어 한다

이홍섭(시인)

1. 먼 곳으로부터 온 편지

어느 날 먼 곳으로부터 내 사는 동쪽 끝 강릉으로 한 묶음의 시가 왔다. 발신지는 서울이었지만, 나는 보내온 시들을 한 편 한 편 꺼내 읽을 때마다 이 시들이 마치 '먼 곳'에서 온 편지 같다는 느낌에 사로잡히곤 했다.

나는 이 시들을 동해의 파도와 더불어 읽어 보기도 하고, 경포호수와 함께 펼쳐 보기도 하고, 대관령 아래 길가에서 막 피어나는 봄꽃들과 같이 들여다보기도 했다. 그럴 때마다 시들은 하나같이 먼 곳에서 온 편지처럼, 오래 밤하늘에서 머물다 막 지구별로 떨어지는 유성같이 내 앞에 도착하곤 했다.

류시화 시인이 무려 15년 만에 펴내는 세 번째 시집 『나의 상처는 돌 너의 상처는 꽃』은 그렇게 왔다.

우리가 시를 읽으면서 알 수 없는 설렘과 감동, 그리고 나만의 고독에 빠지는 것은 일종의 '치유 과정'이자 '정화 과정'이라 할 수 있다. 순간적 몰입과 오랜 여운이 이 치유와 정화를 견인한다. 우리 삶에서 병원을 통하지 않고 치유와 정화를 받을 수 있는 곳은 그리 많지 않다. 시는 그 역할을 대신해 줄 수 있다. 마치 사랑하는 사람의 편지 한 통이 절벽 앞에 선 목숨을 구원해 줄 수 있는 것처럼. 시가 나의 상처이면서 나의 꽃이 될 수 있는 것은 이 때문이다.

류시화 시인이 오랜만에 세상에 내놓는 이번 시집은 많은 독자들의 마음을 치유하고 정화할 것이라 믿는다. 오랫동안 숙고한 언어, 명상으로부터 길어 올린 지혜, 그리고 진솔한 자기 고백이 그 길을 열어 주기 때문이다. 나와 함께 시를 읽은 동해의 푸른 파도와 맑은 호수와 예쁜 봄꽃들도 그러했으리라.

2. 언어에 봉사하는 자

멕시코 시인 옥타비오 파스는 "시인은 언어에 봉사하는 자"라고 말했다. 시인은 언어에 봉사함으로써 언어의 본성을 되돌려 주고, 언어가 자신의 존재를 회복하게 해 준다는 것이다. 그는 시적인 창조는 언어에 대한 위반으로 시작한다며, 이는 언어를 지탱하고 있는 뿌리를 흔들고, 언어를 원초적인 상태로 복귀시키는 것을 통해 가능하다고 했다.

언어를 지탱하고 있는 뿌리를 흔든다는 말은 일상적인 언어 질서를 위반하는 것을 뜻하고, 언어를 원초적인 상태로 복귀시킨다는 말은 이 위반을 통해 언어를 훼손 이전, 즉 시원始原의 상태로 되돌려 놓는다는 것을 의미한다.

그동안 류시화 시인이 보여 준 세계는 파스가 얘기한 '언어에 대한 위반'의 길이었다. 그는 일상적인 언어 질서를 위반한 것은 물론, 당대 시단의 언어 질서 또한 위반해 왔다. 위반의 대가는 가혹했지만, 그는 '낙타'와 '당나귀'의 길을 선택함으로써 그 형벌을 내면화했다. 따라서 그의 시 세계를 열어 보기 위해서는 먼저 그가 어떻게 언어에 봉사해 왔는지를 이해해야 한다. 시인은 그 길이 '사물들의 말에 귀 기울이기'와 '신비에의 경외'를 통해 시작된다고 말한다.

> 오늘 나는 달개비에 대해 쓴다
> 묶인 곳 없는 영혼에 대해
> 사물들은 저마다 시인을 통해 말하고 싶어 한다
> 나비가 태어나는 곳이나 생각의 틈새에서 자라는
> 이 마디풀에게서 배울 점은 다름 아닌
> 신비에 무릎 꿇을 필요
> 신비에 고개 숙일 필요
> ─〈달개비가 별의 귀에 대고 한 말〉부분

이 시에 따르면, 시인은 자신의 말을 하는 사람이 아니라 사물들이 시인을 통해 말하고 싶어 하는 것을 받아쓰는 자이다. 이 작품에서 '달개비'가 상징하는 것은 자연과 생명의 신비로움이다. 그것은 존재의 출발("나비가 태어나는 곳")과 사유의 빈틈("생각의 틈새")으로 거슬러 올라가게 해 준다. 이를 배우기 위해서는 '신비'를 인정하고, 이를 경외해야만 한다고 시인은 말한다. 자연과 생명의 신비 앞에 인간은 언제나 자신을 낮추고 하심下心해야 한다는 것이다. 이번 시집에서 자연과 생명을 소재로 삼은 작품들을 음미해 보면 시인의 이러한 태도를 분명하게 느껴 볼 수 있다.

"사물들은 저마다 시인을 통해 말하고 싶어 한다"라는 구절은, 시인이란 존재가 훼손되지 않은 사물의 원초적 본질과 물성物性을 언어로 표현하는 자임을 드러낸다. 시인이 사전을 만들었다면 세상의 말들이 달라졌을 것이라는 상상은 그래서 가능하다.

> 만일 시인이 사전을 만들었다면
> 세상의 말들이 달라졌으리라
> 봄은 떠난 자들의 환생으로 자리바꿈하고
> 제비꽃은 자주색이 의미하는 모든 것으로
> 하루는 영원의 동의어로
>
> (중략)
>
> 만일 시인이 사전을 만들었다면
> 세상의 단어들이 바뀌었으리라
> 눈동자는 별을 잡는 그물로
> 상처는 세월이 지나서야 열어 보게 되는 선물로

목련의 잎은 꽃의 소멸로

죽음은 먼 공간을 건너와 내미는 손으로

오늘 밤의 주제는 사랑으로

−〈만일 시인이 사전을 만들었다면〉 부분

이 시대로라면, 아마도 시인이 만드는 사전은 감각과 정서와 통찰이 하나가 되어 사물과 현상을 관통하는 언어들로 가득할 것이다. 〈옛 수첩에는 아직〉이란 작품은 이러한 언어가 지닌 소리의 울림 자체만으로도 새로운 의미와 느낌을 창출해 낼 수 있음을 입증해 보인다.

이는 옥타비오 파스가 시인은 언어에 봉사함으로써 언어의 본성을 되돌려 주고, 언어가 자신의 존재를 회복하게 해 준다고 말하는 차원과 크게 다르지 않다. 파스가 말하는 언어의 본성이란, 언어가 지닌 음성적 가치, 정감적 가치, 그리고 의미론적 가치가 한 몸이 된 상태를 가리킨다. 이번 시집의 그 어떤 곳을 펼쳐 보아도 시인이 이 세 가지 가치를 한 몸으로 끌고 가고자 오랫동안 고투했음을 느낄 수 있다. 어머니와 언어가 동격이 되는 아래 작품은 이를 잘 보여 준다.

시가 될 첫 음절, 첫 단어를

당신에게서 배웠다

감자의 아린 맛과

무의 밑동에서 묻은 몽고반점의 위치와

탱자나무 가시로 다슬기를 뽑아 먹는 기술을
그리고 갓난아기일 때부터
울음을 멈추기 위해 미소 짓는 법을
내 한 손이 다른 한 손을 맞잡으면
기도가 된다는 것을

당신은 내게 봄 날씨처럼 변덕 많은 육체와
찔레꽃의 예민한 신경을 주었지만
강낭콩처럼 가난을 견디는 법과
서리를 녹이는 말들
질경이의 숙명을 받아들이는 법을 가르쳐 주었다

내 시는 아직도
어린 시절 집 뒤에 일군 당신의 텃밭에서 온다
때로 우수에 잠겨 당신이 바라보던 무꽃에서 오고
비만 오면 쓰러져 운다면서
당신이 일으켜 세우던 해바라기에서 오고
내가 집을 떠날 때
당신의 눈이 던지던 슬픔의 그물에서 온다
　　-〈어머니〉 부분

　시인은 시가 될 첫 음절音節, 첫 단어單語를 어머니에게서 배웠
다고 말한다. 음절은 최소의 발화發話 단위이고, 단어는 최소의
의미意味 단위이다. 소리와 의미의 시작, 그 시원이 어머니임을

밝히고 있는 것이다.

어머니는 여성이면서 모성을 지닌 존재이다. 이 시는 시인의 성정과 정서가 이러한 여성성으로부터 형성되었음을 알게 해 준다. 자연과 세계를 받아들이는 감각과 인식, 그리고 세계관이 어머니를 모태로 함을 알 수 있다.

시인이 한 편의 시를 직조해 내면서 얼마만큼 섬세하게 언어의 음성적 가치에 귀 기울이는지는 이 작품에서도 잘 느낄 수 있다. 가령 2연의 "무의 밑동에서 묻은 몽고반점의 위치와" 같은 행은 자음 'ㅁ'이, 3연의 "강낭콩처럼 가난을 견디는 법과" 같은 행은 자음 'ㄱ'이 단어의 첫 음으로 반복되면서 음성학적인 효과와 리듬감을 가져온다. 앞의 행은 가로로 누운 모음이, 뒤의 행은 세로로 선 모음이 이 자음들을 끌고 간다. 마치 운명은 저 아래 누워 있고, 가난은 내 앞에 서서 가고 있는 것 같지 않은가. 4연의 경우는 자음 'ㅇ'이 주조음이 되어 연 전체를 끌고 간다. '아직도' '어린' '우수' '오면' '운다' 등의 시어들이 가진 안타까움과 슬픔의 정조가 이 'ㅇ' 음을 통해 공명을 일으킨다. 각 행의 마지막에 배치된 '온다' '오고'의 반복도 이 시의 리듬과 정감을 형성하는 데 기여하고 있다.

시인은 이러한 언어의 음성적 가치에 귀 기울이면서 동시에 어린 시절, 순수한 상태에서 받아들였던 사물의 감각을 적절한 시어와 뛰어난 비유를 통해 되살림으로써 언어의 정감적 가치에 주목하게 만든다. 특히 이 작품은 어린 시절의 구체적 생활환경을 배경으로 하고 있어 더욱 실감 나게 다가온다.

이 작품에서 주목하게 되는 것은, 매우 구체적으로 유년기를 그리고 있음에도 불구하고 한 번도 '아버지'가 등장하지 않는다는 점이다. 이는 시인의 시 세계에서 특이한 점으로, 시인은 자신의 시에서 '아버지의 세계'를 철저하게 배제한다. 이번 시집을 포함한 세 권의 시집에서 '아버지'라는 단어는 단 한 번도 출현하지 않는다. 대신 신부, 누이 등 여성과 관련된 단어는 자주 등장한다.

이러한 모습은 시인의 성정과 정서가 철저히 어머니로부터 형성되어 왔음을 알게 해 준다. 어릴 때부터 실제로 아버지가 부재했는지, 아니면 시인이 의도적으로 아버지를 부재시켰는지는 알 수 없지만, 이 '아버지의 부재'는 시인의 세계관 형성에 일정하게 영향을 미쳤을 것으로 추정해 볼 수 있다.

아버지의 부재는 남자아이를 빨리 어른으로 성숙시키기도 하지만, 동시에 내가 보호받지 못하고 있다는 불안감에 시달리게 만들기도 한다. 아버지로 상징되는 법이나 제도, 사회적 규약 등에 얽매이지 않고 마음껏 상상할 수 있는 자유를 주지만, 동시에 사회, 문화적으로 규정된 '아버지의 세계'에 진입하는 길이 유예되거나 험난해질 수 있다. 그것을 뛰어넘는 길은 스스로의 힘으로 '아버지의 세계'를 구축해 나가는 것이다. 기존 문단에서는 찾아볼 수 없는 류시화의 독특한 상상력과 시인으로서의 행로는 이 점과 무관하지 않은 것으로 보인다.

류시화의 시는, 시인은 먼저 자신을 낮추고 먼 곳에서 혹은 캄캄한 어둠 속에서 울려 나오는 언어에 귀 기울여야 한다는 점을 잘 보여 준다. 아울러 시인이 먼저 하심하지 않으면 이 순백의 언어는 오지 않을 것임을 가르쳐 준다. 이력에 비해 과작인 그의 작품량도 이와 무관하지 않다.

지금 우리는 곳곳에서 상처받고 피 흘리는 언어들을 만나고 있다. 문학도 예외가 아니다. 물론 시는 언어와의 격렬한 싸움을 그대로 드러냄으로써 자신의 존재를 증명하기도 한다. 하지만 많은 시들은 날것의 언어에 머물러 오히려 언어의 가치를 훼손하는 데 기여한다.

사물들이 하는 이야기에 귀 기울여 본 사람은 언어를 깊이 포옹할 줄 안다. 무릎을 꿇고 이들의 이야기에 먼저 귀 기울여 본 적이 없으면서, 언어와 포옹부터 하는 시인은 사이비일 확률이 높다. 류시화 시인이 일군의 대중적 시인들과 구별되는 지점이 바로 여기이다. 그의 시는 먼저 사물들의 이야기에 귀 기울이고, 어둠 속에서 이들의 이야기를 받아 적어 가면서 마침내 깊은 포옹에 이른 언어이다.

3. 산이 다하고 물이 돌아 나오는 곳

'산진수회처山盡水廻處'라는 말이 있다. 산이 다하고 물이 돌아 나오는 곳이라는 뜻이다. 자신을 골짜기 끝까지 밀어 올려 본 적이 있는 자만이 얻을 수 있는 경지다. 산진수회처는 궁벽한 곳이기도 하고, 지극히 고독한 곳이기도 하다. 그러나 여기에 이르지 않고는 결코 얻을 수 없는 지혜가 있다. 좋은 시들에는 이 산진수회처의 고독과 서러움, 그리고 지혜가 배어 있다.

시인이 자신의 일생을 되돌아보고 있는 작품 〈자화상〉은 그가 산진수회처에 이를 수밖에 없었던 내력을 노래하고 있다. 그 내력을 연대별로 요약하면 이렇다. "가족력은 방랑"이었고 "유목의 혈통"을 이어받았다. "사랑은 언제나 벼랑에 서 있었"고, "나를 만난 사람은 다 떠나갔다". 많은 예술가들이 그러하듯이, "정신이 자주 아슬아슬한 경계를 넘나들었으므로" "정신병원에서 생을 마칠지도 모른다고 생각했다". "모두가 모두를 적으로 만드는 세상"이 싫어 "갠지스 강가에 앉아 있곤" 했으며, "화장터 불빛 바라보며 삼십 대와 사십 대를 보냈다". 그러면서 자신이 "고통받는 것은 이질감이 아니라 세계 속에서의 이물감이었다"라고 자각한다.

시인은 자신이 남들과 다른 길을 지나왔음을 고백한다. 그 길은 정신의 극한을 넘나드는 예술가의 길이고, 생로병사를 참구하는 수행자의 길이기도 하다. 그 길은 고통스러웠다. 시인은 고통의 원인이 이질감異質感 때문이 아니라 "세계 속에서의 이물감異物感"때문이었다고 말한다. 이물감이란, 남들과의 비교와 차이에서 오는 소외나 고립감이 아니라, 아예 다른 존재인 듯한 데서 오는 고립과 소외감을 말한다.

〈자화상〉과 비견되는 또 다른 자화상 격인 작품 〈보리〉에서 시인은 "내가 태어난 나라를 나는 잘 모른다"며 "시인이 되었으나/ 나 자신이 이중언어자라고 느꼈다"라고 고백한다. '이중언어자'라는 것은 시인으로서의 이물감을 표현한 말이다.

그가 〈낙타의 생〉에서 "세상의 벼랑 중에/ 마음의 벼랑이 가장 아득하다는 걸 알았다"라고 쓰거나, 〈당나귀〉에서 "나의 화엄은 당나귀와 함께 벼랑이었다"라고 쓸 때, 이 '벼랑'은 도저한 고립과 소외의 길을 가는 자의 숙명을 상징한다.

시인은 자신이 걸어온 길을 '낙타'와 '당나귀'의 길에 비유함으로써 이 숙명을 내면화한다. 시인이 그린 낙타는 혹을 지고 모래바람을 헤치며 사막을 건너는 숙명을 타고났고, 당나귀는 가난하고 남루한 숙명을 타고났다. '고난'과 '가난'과 '남루'는 이들의 운명이다. 시인은 이들의 타고난 운명을 그리면서, 이들의 삶을 통해 산진수회처에 이른 자신의 삶을 위로받고자 한다.

당나귀 등에 한 생애를 얹고 흔들리며 벼랑길 오르는 동안
청춘을 소진하며
아찔한 화엄의 경계 지나오는 동안
한 소식 한 당나귀에게서 배웠다
희망에 전부를 걸지도 않고
절망에 전부를 내주지도 않는 법을
그저 위태위태하게 앞으로 나아가는 법을
당나귀여, 너는 고난이 멈추기를 갈망하지도 않는다
나도 너처럼 몇 생을 후미진 길로 걸어 다녔다
그러나 그곳이 폐허는 아니었다
자학이 아니라 자족이었다
바람이 불었으나 너무 오래 걸어 무릎에서
새어 나오는 바람이었다
나의 화엄은 당나귀와 함께 벼랑이었다

(중략)

135

인사동 벗어나기 전 뒤돌아보니
눈보라 속 당나귀들이
저마다 자신을 지고 서역의 고개를 넘고 있었다

—〈당나귀〉 부분

'천상병 시인, 당신은 어디에 있으며 거기서도 시를 쓰고 있는
가'라는 부제가 붙어 있는 이 시는, 한 시인이 먼저 간 한 시인에
게 기대어 자신이 걸어온 길을 반추해 보는 작품이다. 이 작품에
서 중요한 것은 화자와 화자가 기대는 천상병 시인과 인사동을
걸어가는 사람들이 궁극에는 서역의 고개를 넘어가는 당나귀의
모습으로 수렴된다는 점이다. 삶이 그 어떤 모습으로 드러나든
그 당체當體는 저마다 자신을 지고 서역의 고개를 넘고 있는 당
나귀를 닮았다는 인식은, 차별과 분별로 이루어진 이 세상의 경
계를 허물어 버리고 삶 그 자체에 주목하게 만든다.

　시인은 다른 시에서 "이 세상 마을이 다 사하촌 아니던가"(〈사
하촌에서 겨울을 나다〉)라고 노래한다. 이 세상 마을이 다 절 아랫
마을寺下村이라는 표현은, 이 세상이 따로 경계 지어지는 것이 아
니라 우리의 삶 속에 승속僧俗이 함께하고, 색色과 공空이 같이
간다는 인식을 내포하고 있다. 이 시를 비롯해 다른 시에서도 등
장하는 '화엄'이라는 시어는 이러한 경지를 담고 있다. 화엄華嚴
이란, 불교적으로 온갖 분별과 대립이 극복된 이상적인 세계를
말한다.

　그가 산진수회처에 이를 수밖에 없었던 것은 세계 속에서의
이물감과 이중언어자와 같은 소외감, 그리고 "나 온 곳을 알기

위해/ 모든 존재들의 집을 묻기 위해" "질문들의 여인숙"(〈보리〉)을 떠돈 종교적 유랑 때문이었다.

그러나 시인은 이 길 끝, 산진수회처에 이르러 "나는 견자가 되지 못하고 고백자가 되었다"라고 노래한다. 이러한 고백은 "해탈은 멀고 허무는 가까웠지만/ 후회는 없었지"(〈바람의 찻집에서〉), "그러나 그곳이 폐허는 아니었다/ 자학이 아니라 자족이었다"(〈당나귀〉)라는 구절들과 맥락을 같이한다.

서시序詩 격에 해당하는 〈바람의 찻집에서〉의 마지막 구절 "잠이 들었지/ 봉인된 가슴속에 옛사랑을 가두고/ 외딴 행성 바람의 찻집에서"에는 이러한 산진수회처에 이른 자의 노독路毒이 배어 있다.

우리가 한 편의 시에서 감동받는 것은 시인이 성취한 어떤 결과물에서가 아니다. 시는 오히려 실패와 좌절의 기록에서 더 큰 공명을 얻는다. 중요한 것은 시인이 거기까지 이르는 과정에서 진정성이 느껴지느냐, 거기서 얻는 지혜와 깨달음이 빛을 발하느냐 하는 점이다. 어떤가? 이를 느끼고, 판단하는 것은 오로지 시를 감상하는 독자의 몫이다.

4. 사랑, 꽃으로만 열 수 있는 문

앞에서도 언급했지만 시인은 이 세상을 화엄이라 부르길 좋아한다. 화엄은 분별과 대립이 극복된 이상 세계, 온갖 꽃들로 장엄하게 장식한다는 뜻의 '잡화엄식雜華嚴飾'에서 유래했다. 꽃으로 장식된 세계, 그곳이 곧 화엄인 것이다. 시인에 따르면 화엄 세계의 절정은 곧 사랑이다.

> 너는 나의 화두
> 너로 인해 경계가 사라지는 것을 알았다
> 화엄의 세계가 그곳에 있는 듯했다
> (중략)
> 이 사하촌에서
> 색色을 탐하던 꽃
> 덧없는 몸에 화인火印을 찍던 꽃
> 아직 불어 끄지 못하고
> 눈 녹자 만다라 같은 지붕들 드러난다
> 이 세상 마을이 다 사하촌 아니던가
> −〈사하촌에서 겨울을 나다〉 부분

사랑은 경계를 지우고, 화엄의 세계를 꽃피운다. 승속과 색공의 분별도 눈 녹듯 사라지고, 마침내 만다라가 모습을 드러낸다. 만다라는 깨달음의 경지를 도형화한 것으로, 모자람이 없는 세계를 상징한다. "이 세상 마을이 다 사하촌 아니던가"라는 구절에는 이러한 깨침이 담겨 있다.

그러나 사랑은 영원히 지속되지 않는다. 시인은 말한다. "사랑이 끝날 것을 믿고, 그럼에도 사랑보다 오래가는 것은 없음을 믿는다"(〈자화상〉). 만해 한용운이 〈님의 침묵〉에서 노래한 것처럼 사랑은 늘 역설과 "모순어법"(〈돌 속의 별〉) 속에서 불멸한다. "부서지지 않을 것이면, 미워하지 않을 것이면/ 사랑하지도 않았다"
(《옹이》), "도피이며 종착점인/ 두 팔 없이도 포옹할 수 있는/ 불
이면서 흙인/ 그것에 닿는 순간 불면이 시작된/ 얼굴에 있으나
심장에 속한/ 입술"(《꽃잎 하나가 날려도 봄이 줄어든다》)이라고 노
래하는 세계가 그것이다.

시인은 이 사랑의 이별과 상실도 꽃으로 비유한다. 앞의 인용
시 제목은 주석에서 설명하고 있듯이 두보의 시 〈곡강曲江〉의 맨
앞 구절 "한 조각 꽃잎이 날려도 봄빛이 깎여 나간다一片花飛減却
春"에서 차용해 왔다. 사랑은 꽃잎 하나가 날려도 봄이 줄어드는
것과 같다는 것. 그러니 그 이별과 상실의 아픔은 이 세상을 다
덮고도 모자랄 것이다. 두보의 시는 다음과 같이 이어진다. "바
람에 흩날리는 만 점 꽃잎, 정녕 사람을 시름에 젖게 하네風飄萬點
正愁人".

이번 시집에는 순정한 사랑의 시절을 노래한 작품들이 여러
편 실려 있는데, 왕가위의 영화 제목을 차용하고 있는 시 〈화양
연화〉도 그중 한 편이다. '화양연화花樣年華'는 '인생에서 가장 아
름답고 행복한 순간'을 표현하는 말로, 순정하고 아름다운 사랑
의 시절을 상징한다. 그러니 사랑은 "꽃으로만 열 수 있는 문"을
달고 있지 않겠는가.

어떤 날은 고요한 불을 오래 바라보았지
그늘과 상관없이
그곳에 어른거리던 흰 빛들
존재하지 않는 집을 우리는 알고 있었지

우리 두 사람만 아는 집을
　　꽃으로만 열 수 있는 문을
　　　－〈시골에서의 한 달〉 부분

　이 작품에서 시의 화자는 어떤 '상실' 때문에 '당신'과 함께 시골에서 보낸 한 달을 그리고 있는데, 서로 조금씩 어긋나는 가운데서도 두 사람이 동의하는 것은 "삶은 원하는 대로가 아니라/ 있는 그대로 바라보아야 한다"는 점이다.

　시인이 사랑의 희로애락을 노래하면서 궁극적으로 전하는 메시지는 아마 이 '있는 그대로 바라보기'가 아닐까 싶다. 시인은 시 〈옛 수첩에는 아직〉에서 이국異國 여인의 입을 빌려 말한다. "당신을 사랑해가 무엇이냐고 묻자/ 그런 것은 말하지 않는 것이라고 했다/ 그냥 바라보는 것이라고".

　"좋은 시는 다 연시戀詩"라는 말이 있다. 그럴 수밖에 없는 것이 시를 꾸려 가는 여러 자질과 특성, 그리고 구조가 연애의 그것과 닮아 있기 때문이다. 사랑을 느낄 때 몸에서 분비되는 호르몬을 신비의 묘약이라 하듯이, 좋은 시에서도 무엇이라고 딱히 이름 붙일 수 없는 신비한 호르몬이 흘러나온다. 이번 시집에 실린 좋은 연시들도 그러하다.

　이번 시집을 꽃밭에 비유한다면, 시집 속의 연시들은 시인이 좋아하는 모란이나 작약과 같다. 거기에는 "겹겹의 꽃잎마다 머뭇거림이 머물러"(〈모란의 연緣〉) 있고, "새의 심장보다 큰 작약이/ 내 맨발 위로 툭, 떨어"(〈시골에서의 한 달〉)지는 상실이 있다. 그래서 가슴 저미는 아픔이 있고, 난분분 꽃잎 날리는 슬픔이 있다.

5. 다시, 구월의 이틀

류시화 시인을 만나 본 적은 없다. 많은 독자들에게 사랑받고 있는 그의 시집 원고가 동쪽 끄트머리 바닷가에서 낮술이나 마시는 나 같은 한량에게 전해진 것은 아마도 무언가 잘못된 정보 때문일 듯하다.

시인을 만나 본 적은 없지만, 나는 그가 많은 문학청년들이 선망하던 시인이었을 때를 기억한다. 격동의 1981년이 저물던 어느 날, 시내의 한 작은 서점에서 '시운동' 동인의 세 번째 동인 시집 『그리고 우리는 꿈꾸기 시작하였다』(청하)를 펼쳐 보았을 때 맨 첫 장을 장식하고 있던 〈구월의 이틀〉(첫 시집 『그대가 곁에 있어도 나는 그대가 그립다』에 수록)을 어떻게 잊을 수 있을까. 지금도 선명히 기억되는 이 시의 처음과 마지막은 이러하다.

소나무 숲과 길이 있는 곳
그곳에 구월이 있다 소나무 숲이
오솔길을 감추고 있는 곳 구름이 나무 한 그루를
감추고 있는 곳 그곳에 비 내리는
구월의 이틀이 있다

(중략)

소나무 숲과 길이 있는 곳 그곳에
나의 구월이 있다

구월의 그 이틀이 지난 다음

그 나라에서 날아온 이상한 새들이 내

가슴에 둥지를 튼다고 해도 그 구월의 이틀 다음

새로운 태양이 빛나고 빙하시대와

짐승들이 춤추며 밀려온다 해도 나는

소나무 숲이 감춘 그 오솔길 비 내리는

구월의 이틀을 본다

이 작품은 당시로서는 선구적이었던 유려한 행갈이와 참신한 언어 감각, 그리고 그 누구도 따라 할 수 없는 개성적인 상상력으로 주목을 받았다. 소리 내어 읽으면, 뜻 없이 '청량한 슬픔'이 따라오고, 쉽게 잡히지 않는 젊음의 순수함이 피어오르는 작품이었다. 아름다운 자갈들과 음표들을 품고 흐르는 물 같은, 음악 같은 시였다.

시인은 먼 길을 지나온 지금 〈다시 찾아온 구월의 이틀〉을 노래한다.

구월이 비에 젖은 얼굴로 찾아오면

내 마음은 멀리 간다

하루에 다녀올 수 있는 가장 먼 곳

오솔길이 비를 감추고 있는 곳 돌들이

저마다 다른 얼굴을 하고 있는 곳

내 시는 그곳에서 오고

그곳으로 돌아간다

(중략)

아니다, 그것이 아니다
나는 그곳을 떠나온 것이 아니었다
눈을 돌리기만 하면 그곳에
비 내리는 구월의 이틀이 있다 비와 오솔길이
소나무를 감추고 있는 곳 쐐기풀이
구름에게 손을 흔드는 곳, 한때 그곳에
얼음에 갇힌 시가 있었다 내 안에
불을 일으킨 단어들이 있었다
곤충들을 움직이게 하고
심장을 빨리 뛰게 하던 것이

구월의 끝에서 나비들은 침묵하고
별들은 흔들린다
그 구월의 이틀이 지난 뒤
비와 돌들의 입맞춤으로 파헤쳐진 길 위에서
눈먼 자가 지나가는 사람들의 등 뒤로 예언을 하고
곧 누군가 길에 떨어진 종이를 주워
그곳에 적힌 시를 읽으리라
다시 얼음에 갇힌 시를

이 작품은 시인이 젊은 날 썼던 〈구월의 이틀〉을 스스로 재해
석하고, 현재의 위치에서 의미를 덧댄, '시의 자화상' 혹은 '시의

'평전'이라고 할 수 있다.

나는 이 시를 통해 시인이 지닌 '시인으로서의 철저한 자의식'과 결기를 느낀다. 무려 30여 년 전에 쓰인 자신의 작품 속으로 다시 걸어 들어가, 마치 긴 회랑回廊을 돌아 나오면서 쓴 듯한 이 작품은 시인이 늘 삶의 앞자리에 시를 두고 살아왔음을 입증해 보인다. 마치 수도사들이 천천히 걸으면서 명상과 사색을 하거나, 고요히 앉아서 독서를 하는 공간이었던 중세 수도원의 회랑cloister을 보고 있는 듯하다. 물론 그 회랑의 한가운데에 시가 있다.

시인은 여전히 "내 시는 그곳에서 오고/ 그곳으로 돌아간다"며, "얼마나 자주/ 이곳에 오고 싶었던가"라고 노래한다. 이어서 "그렇다, 나는 이곳을 떠나왔었다 그렇게도 오래/ 나 혼자 모든 흐름이 정지했었다 다만/ 어디서 정지했는지 알 수 없었을 뿐"이라고 탄식한다. 이 탄식이 "나는 보이지 않는 계절을 살았다"라는 구절을 낳는다. 그러나 시인은 이내 머리를 젓는다. "아니다, 그것이 아니다/ 나는 그곳을 떠나온 것이 아니었다/ 눈을 돌리기만 하면 그곳에/ 비 내리는 구월의 이틀이 있다".

구월의 이틀은 어떤 곳인가. 그곳은 "비와 오솔길이/ 소나무를 감추고 있는 곳 쐐기풀이/ 구름에게 손을 흔드는 곳"이다. 사물이 쉽게 모습을 드러내지 않는 신비에 싸인 곳이지만, 그곳에서는 쐐기풀과 구름이 거리낌 없이 소통한다. 비록 그곳이 쉽게 자신을 열어 보이지는 않지만, 그곳에 들어갈 수만 있다면 분별과 경계가 없는 지극히 평등하고 평화로운 세계를 만날 수 있다.

시인이 〈구월의 이틀〉과 더불어 시운동 동인 시집에 발표했던 또 다른 시의 제목 〈평민의 나라, 누구도 나는 섬기지 않았더라〉와 〈음악학교〉를 떠올리면 이를 더욱 분명하게 알 수 있다. 시인이 꿈꾼 나라는 계급이 없는 '평민의 나라'이며, "바닷가의 나라,/ 침묵의 노래, 너의 학교/ 뒤 그 그늘로 가로질러/ 가는 강물"(〈음악학교〉)이 흐르는 아름다운 나라였다.

시인이란 어떤 존재인가. 시인은 "나는 견자가 되지 못하고 고백자가 되었다"(〈보리〉)고 스스로 자탄慘歎했지만, 그는 누구보다 견자見者가 되고자 노력했던 시인이었다.

랭보가 스승이었던 폴 드므니에게 보낸 편지에서, 시인이 되고자 하는 사람은 무엇보다 '자기 인식'을 배워야 한다며, 자기 인식의 핵심으로 내세운 것이 바로 '견자'이다. 시인은 그 자신이 견자임을, 혹은 견자가 되어야 함을 깨달아야 한다는 것이다. 랭보가 말한 견자란, 말 그대로 미지의 세계를 보는 자, 혹은 그것에 도달하기 위해 몸부림치는 자이다. 보들레르가 말한 '저주받은 시인'이라는 개념과 함께 이제는 고전이 된 이 명제는 여전히 시를 꿈꾸는 모든 이들의 이상향이다.

시인은 무엇보다 견자가 되어 미지의 세계에 자신의 나라를 세우고자 애쓰는 자이다. 자신의 언어, 자신의 감각, 자신의 세계관으로 지어진 자신의 왕국을 건설하고 싶은 자가 시인이다. 하지만 우리는 이러한 근대시의 출발을 종종 잊어버린다. 그것은 마치 시인이 어디서 시작된 존재인지를 잊어버리는 것과 같다. 류시화는 그 출발 지점에 다시금 '순결한 화두' 하나를 던져 놓는다.

시인은 자신이 초기에 꿈꾸었던 그 나라를 "얼음에 갇힌 시"

라고 명명한다. "한때 그곳에/ 얼음에 갇힌 시가 있었다 내 안에/ 불을 일으킨 단어들이 있었다/ 곤충들을 움직이게 하고/ 심장을 빨리 뛰게 하던 것이". 얼음과 불이라는 상반되는 성질을 가진 물질을 기묘하게 교차시키고 있는 이 구절은, 갇혀 있으되 갇혀 있지 않았기 때문에, 그 모순어법 때문에 아프게 다가온다.

시인은 먼 길을 지나 다시 노래한다. "그 구월의 이틀이 지난 뒤" "비와 돌들의 입맞춤으로 파헤쳐진 길 위에서/ 눈먼 자가 지나가는 사람들의 등 뒤로 예언을 하"는 새로운 나라에서 "곧 누군가 길에 떨어진 종이를 주워/ 그곳에 적힌 시를 읽으리라/ 다시 얼음에 갇힌 시를"이라고. 먼 길을 지나왔지만, 눈 먼 자가 지나가는 사람들의 등 뒤로 예언을 하는 새로운 나라에 들었지만, 혹은 들겠지만, 다시 '얼음에 갇힌 시'를 읽게 되리라고.

'얼음에 갇힌 시'는, 시가 얼음으로 쓰였다는 것을 말하는 것이 아니라, 자신이 쓴 시가 그 어떤 이유에 의해 외부와 단절되었다는 것, 스스로의 세계 속으로 유배되었다는 것을 암시한다. 따라서 앞에서 얼음과 불이 기묘하게 교차된 구절은 '얼음에 갇혔지만 거기에는 불을 일으킨 단어가 있었다'로 읽힌다.

시인이 "다시 얼음에 갇힌 시"를 노래하는 것은, 비록 많은 시간이 흘렀지만 시인으로서 나는 변함이 없다는 사실을 강조해 말하고 싶기 때문이 아닐까. 이번 시집의 마지막 시, 마지막 구절이 "내가 죽어서 땅에 묻히면/ 내 혼도 모로 눕겠다/ 저쪽 세계로 가서/ 한 손으로 시를 지어야 하니까"(《모로 돌아누우며 귓속에 담긴 별들 쏟아 내다》)라고 끝나는 것은 의미심장하다. 그것은 자신이 시인으로 출발하여 시인으로 돌아간다는, 일종의 스스로 쓴 행장行狀이자 비문碑文과 같다.

산이 다하고 물이 돌아 나오는 곳에 이르러 다시금 시인으로서 거듭남을 선언하는 이번 시집을 읽는 것은, 마치 '꽃잎 하나 띄우고 흘러나오는 청량한 슬픔'을 마시는 듯하다. 이 꽃물 밴 청량한 슬픔이 독자들의 마음을 치유하고 정화하리라 믿는다.

나의 상처는 돌
너의 상처는 꽃

초판 1쇄 발행 2012년 4월 23일
초판 41쇄 발행 2014년 8월 29일
 2판 1쇄 발행 2015년 10월 16일
 2판 10쇄 발행 2024년 10월 7일

지은이 류시화
펴낸이 정중모
펴낸곳 도서출판 열림원

등록 1980년 5월 19일(제406-2000-000204호)
주소 경기도 파주시 회동길 152
전화 031-955-0700 | 팩스 031-955-0661
홈페이지 www.yolimwon.com | 이메일 editor@yolimwon.com

ISBN 978-89-7063-949-9 03810

이 도서의 국립중앙도서관 출판예정도서목록(CIP)은
서지정보 유통지원시스템 홈페이지(http://seoji.nl.go.kr)와
국가자료공동목록시스템(http://nl.go.kr/kolisnet)에서 이용하실 수 있습니다.
(CIP제어번호 : CIP2015026328)

만든 이들 _ 편집 김정래 오하라